Peter se souvient

Henry Scott

Peter se souvient

Herstellung und Verlag: Books on Demand GmbH, Norderstedt
ISBN 3-8334-3048-6

Ma mère n'a jamais été très grande, même juchée sur de hauts talons, et je dus lever la tête pour la regarder alors qu'elle se tenait debout, dans le train, et tentait d'attraper ses fourrures. Les deux renards argentés se trouvaient dans le filet à bagages au-dessus de nos sièges et il lui fallait sautiller pour les récupérer. Comme le dictait la mode de l'époque, ma mère portait un renard argenté sur chaque épaule, les pattes pendant devant et derrière et tandis qu'elle regardait la fine pluie tomber par la fenêtre, ces monstres me fixaient de leur regard de verre. C'est à ce moment-là, le train entra en gare de Baden-Baden.

Ma mère mit son petit chapeau plat, orné de fleurs et agrémenté d'une voilette. C'était un chapeau ridicule, pensai-je, mais au moins il était noir et les fleurs blanches. Je me levai derrière elle. Nous ne dîmes pas un mot en attendant l'arrêt du train, puis nous descendîmes l'étroit escalier métallique dans l'humidité ambiante et commençâmes à nous diriger vers le wagon des bagages, un porteur sur nos talons.

Nous avions dix valises, que le porteur chargea sur son chariot. Ensuite, nous le suivîmes et sortîmes de la gare et, arrivés sur le trottoir, nous les empilâmes à l'arrière d'une voiture à cheval. Nous montâmes dedans, ma mère dit quelques mots au chauffeur et nous étions partis vers notre hôtel.

L'air sentait merveilleusement bon, un mélange d'odeurs d'arbres et de fleurs rendues humides et lourdes par la pluie, et des feuilles d'automne jonchaient le sol. Un ruisseau éclaboussa légèrement le côté gauche de la voiture et dans la lumière du crépuscule, je vis des ponts blancs s'y refléter. La nuit venait juste de tomber et les lampadaires s'illuminaient le long des avenues, luisantes de pluie.

Soudain, j'aperçus l'hôtel, une énorme bâtisse resplendissante de lumière aux nombreux balcons de fer forgé, garnis de géraniums rouges dégoulinant des rambardes. De grands palmiers en pot se dressaient devant l'hôtel et, incrédule, je ne les quittais pas des yeux pendant que nous approchions: des palmiers dans la Forêt Noire!

Notre voiture traversa le dernier pont menant à l'hôtel en cahotant bruyamment, et je me rendis compte qu'en fait, celui-ci était constitué de deux bâtiments identiques et reliés par une verrière. Des portiers en uniformes se précipitèrent vers la voiture et coururent à côté jusqu'à ce qu'elle s'arrêtât, puis ils prirent nos bagages.

L'entrée principale se trouvait sur la gauche. Je devançai ma mère en courant et regardai à l'intérieur. Je me croyais dans un palais, avec plus de rouge, plus de fleurs, plus de palmiers et des chandeliers en cristal partout. Ma mère alla à la réception et se fit enregistrer, puis un chasseur en uniforme rouge coiffé d'une petite toque assortie, maintenue sur sa tête par une bride en cuir vernis bien serrée sous le menton, nous conduisit à l'ascenseur et nous accompagna jusqu'au deuxième étage.

La chambre était vraiment spacieuse et meublée avec élégance. Je traversai la pièce et courus jusqu'aux portes-fenêtres pour les ouvrir. Je découvris le balcon, avec ses géraniums rouges. En dessous coulait le ruisseau, tel un ruban scintillant de lumière. J'aperçus aussi une grande colonnade, mais il faisait trop sombre pour distinguer clairement ce qu'il y avait. L'air sentait bon. Je n'avais jamais senti cette odeur auparavant.

Près de la porte, de l'autre côté de la chambre, ma mère dit:

— Eh bien, voici notre nouvelle maison. Après avoir regardé autour d'elle, elle ajouta:

— J'espère que cela ne durera pas trop longtemps. Cet hôtel doit coûter une fortune. Allez, va te laver les mains et te brosser les dents. C'est l'heure d'aller dîner.

J'obtempérai et ensuite, lorsque mon regard croisa le sien,

je vis que ses yeux brillaient, remplis de larmes. Elle me prit par la main et expliqua:

— Il est l'heure de descendre.

Ce que nous fîmes; nous descendîmes ce grand escalier magnifique, et traversâmes le hall jusqu'à la salle à manger pour y dîner.

Nous étions en 1941, et à cause de la guerre, nous nous trouvions là, dans cette superbe chambre avec son balcon orné de géraniums. A cette époque, il était difficile de garder sa maison. Nous avions d'abord habité un appartement du centre de Düsseldorf, mais dès que les bombardements avaient commencé à se rapprocher, nous avions dû déménager et nous installer dans une maison à la périphérie de la ville. Quand nous emménageâmes dans cette maison, j'avais presque six ans.

Une nuit, dans cette maison de Düsseldorf, j'étais au lit avec les oreillons. Il devait être tard et je dormais depuis longtemps lorsque je fus réveillé par une terrible explosion. Les fenêtres de ma chambre volèrent en éclats dans ma direction et j'entendis un terrible rugissement. Des débris de verre recouvrirent tout et d'épais morceaux de plâtre et des monceaux de poussière tombèrent du plafond sur moi et sur mon lit. Apeuré, je tirai l'édredon sur ma tête.

Quelques secondes après l'explosion, on n'entendait plus aucun bruit dans la maison. Il régnait seulement un silence mortel comme dans un mausolée, et cela me fit encore plus peur, je crois, que l'explosion. Ensuite, les sirènes retentirent, assourdissantes, et mon père, ma mère et Annie notre bonne, se mirent à crier mon nom. Je les entendis tous les trois monter l'escalier précipitamment tout en s'interpellant et en m'appelant.

Ce fut mon père qui arriva le premier à ma porte. Au moment où il entra, je m'assis dans mon lit. Il me regarda, jeta un coup d'œil dans toute la chambre et cria en direction de la porte: «Il n'a rien» avant d'ajouter pour lui-même, «Grâce à Dieu». J'entendais ma mère pleurer quelque part dans les escaliers. Mon père me sortit du lit, me prit sur son dos et m'emporta hors de la chambre. Ma tête était si haute que je me cognai contre l'ampoule d'une lampe qui pendait du plafond. L'ampoule se brisa et tomba, rajoutant ainsi d'autres morceaux de verre sur le sol.

Nous nous précipitâmes tous dans le cave, soi-disant la pièce la plus sûre de la maison, et nous nous blottîmes les uns contre les autres dans nos robes de chambre avec tout autour de nous, des étagères remplies de bocaux de conserves de la récolte de notre jardin de l'été précédent. Nous écoutâmes les sirènes, ensuite le silence, puis nous remontâmes l'escalier.

A l'exception du verre brisé et des morceaux de plâtre tombés par terre, notre maison n'avait pas souffert. Nous avions eu vraiment de la chance. La maison de notre voisin, située à quelques mètres de l'autre côté de la rue, avait été sérieusement endommagée. Klaus, leur fils, avait mon âge et était mon ami. Sa famille et lui restèrent quelques jours chez nous jusqu'à ce que les gravats soient retirés et que de nouvelles fenêtres soient posées.

La bombe qui était tombée dans notre rue fut la seule à avoir atteint Düsseldorf, cette nuit-là. Ce fut la première bombe larguée sur cette ville et elle fit la une de tous les journaux: un avion anglais avait été touché par un tir antiaérien et le pilote, avant de sauter, avait lâché sa dernière bombe. On le retrouva le lendemain matin, en pleine forme, suspendu à un arbre, son parachute se balançant près de lui dans les branches. Il fut fait prisonnier et avait raconté son histoire. Son avion s'était écrasé dans un champ. La raison pour laquelle l'alerte avait été donnée trop tard ne fut naturellement jamais mentionnée dans aucun des récits.

Cette unique bombe fut de trop pour mon père, et elle le

poussa à se décider. Il voulait que ma mère et moi soyons en sécurité et en dehors de la ville industrielle. C'est ainsi qu'une semaine plus tard, elle et moi quittions Düsseldorf. J'étais dans un monde nouveau, un monde que je n'avais jamais vu auparavant. La guerre n'avait pas touché Baden-Baden et la vie suivait son cours comme avant. Cette station thermale était une ville paisible et magnifique et j'adorais cet endroit. A mon plus grand désespoir, j'avais dû laisser tous mes jouets à Düsseldorf et, en tant que fils unique, j'en possédais beaucoup. Mes poupées me manquaient. J'en avais toute une collection, dont un esquimau offert par l'ami de mon père, M. Glotz, qui voyageait énormément. Mais celle qui me manquait le plus, c'était Helga, une poupée que ma mère m'avait donnée à Noël lorsque j'avais quatre ans. Ma mère me racontait souvent l'histoire de ce Noël : j'avais reçu d'autres jouets, un bureau à ma taille avec sa chaise, de nombreux soldats de plomb et d'autres présents, mais je me suis dirigé immédiatement vers Helga sans accorder le moindre intérêt au reste, au grand dam de mon père.

Ma mère et moi nous rendîmes au *Kurhaus*, la mairie de Baden-Baden – un bâtiment Empire flanqué doté nombreuses colonnes et qui avait été agrandi des deux côtés. J'appris plus tard qu'il abritait l'un des casinos les plus connus et les plus beaux d'Europe. En outre, il y avait deux restaurants, un théâtre et une vaste terrasse en plein air où des jeunes filles servaient du jus de pommes, vêtues du costume local célèbre pour ses gros pompons rouges cousus sur des chapeaux en paille. Ma mère chérie, toujours consciente de ma faiblesse pour les poupées, découvrit un théâtre de marionnettes dans le Kurhaus et nous réserva sur le champ deux places pour la représentation de l'après-midi.

J'étais déjà allé au théâtre avec ma mère auparavant. Elle aimait beaucoup le théâtre et pensait que son fils devait le découvrir dès son plus jeune âge. *La Veuve Joyeuse* fut mon premier spectacle. Je ne compris rien à l'intrigue mais aimai le ballet, le décor et les costumes.

Ma deuxième expérience théâtrale ne rencontra pas autant de succès. Ce devait être *Hänsel et Gretel,* mais pour des raisons inconnues, nous nous retrouvâmes face à *Don Pasquale,* où je m'ennuyai ferme. Plus tard, je finis par voir *Hansel et Gretel.* Le metteur en scène, un ami de mon père, nous laissa sa loge et nous emmena visiter les coulisses pendant l'entracte. C'était une véritable ruche qui se cachait derrière ces rideaux de velours! Pour la première fois de ma vie, je respirai l'odeur du fard de maquillage, et j'étais aux anges.

En revanche, je n'avais jamais vu de théâtre de marionnettes. Nous grimpâmes le large escalier recouvert d'un tapis vert et pénétrâmes dans le théâtre. C'était un théâtre classique. Un petit homme en queue de pie apparût alors sur la scène et annonça le début du spectacle. Il dit s'appeler M. Kuno. Suspendu à des fils noirs devant un rideau de velours noir, on aurait dit qu'il était réel car il ne ressemblait pas du tout à une marionnette. Le spectacle s'intitulait *La revanche d'El Hakim* et se déroulait dans un décor turc. Je trouvais l'histoire très excitante et macabre à la fois, étant donné qu'El Hakim était décapité sur la scène et qu'ensuite, au moment où sa tête était présentée sur un plateau au sultan, celle-ci continuait à parler et à injurier le monarque. L'ensemble était si réaliste que j'étais prêt à bondir de mon siège et m'enfuir.

De retour à l'hôtel, j'étais encore très excité et mon visage était si rouge que ma mère me mit au lit, toucha mon front et prit ma température: fièvre. Elle téléphona au médecin de l'hôtel qui arriva aussitôt, m'examina et diagnostiqua une scarlatine. Même si nous n'étions pas du tout en haute saison touristique, l'hôtel était bondé, toutes les chambres étant occupées par des personnes qui, comme nous, avaient fui les grandes villes industrielles pour échapper aux bombes.

Comme on ne pouvait laisser un enfant atteint de scarlatine à proximité de tant d'individus, ma mère et moi remontâmes dans une voiture à cheval et partirent à l'hôpital local.

Jamais de ma vie je n'avais été séparé de ma mère. J'étais triste d'avoir laissé mon père mais j'étais de toute évidence un petit garçon à sa maman, et je n'avais aucune envie de me retrouver tout seul à l'hôpital. L'hôpital était géré par des religieuses catholiques et nous étions protestants, mais c'était la guerre et il n'y avait pas de place ailleurs.

Nous dûmes nous dire au revoir à l'entrée car ma mère n'avait pas le droit de pénétrer dans la salle remplie de personnes atteintes de maladies infectieuses. Je fis une scène terrible mais à la fin, l'une des religieuses m'attrapa fermement par la veste, me tira à l'intérieur et ferma la porte. Elle m'entraîna dans un interminable couloir jusqu'une pièce vide à l'exception de quelques lits, quitta la chambre et je me retrouvai tout seul pour la première fois de ma vie. Je me couchai dans le lit qui avait été préparé, tirai les couvertures et m'endormis en pleurant.

Le lendemain matin, une religieuse toute joyeuse coiffée, d'une cornette blanche amidonnée, me réveilla. Le reste de sa tenue était entièrement noir, excepté un pâle crucifix qui pendait et brillait sur son opulente poitrine.

Tandis qu'elle s'affairait dans la chambre, elle me parlait dans le dialecte local. Je m'étais habitué à ce dialecte et elle s'adressait à moi sur un ton chaleureux et maternel qui eut un effet apaisant sur moi. Le lit dans lequel je me trouvais était contre le mur mais d'autres lits, y compris celui près de la fenêtre, étaient toujours inoccupés et je lui demandai timidement si je pouvais m'installer près de la fenêtre.

— Bien sûr, mon petit, pas de problème, dit-elle dans son dialecte adouci.

Je me retrouvai ainsi propriétaire du lit près de la fenêtre. J'étais allongé là, à midi, lorsque j'entendis des petits cailloux heurter la vitre. Je regardai à l'extérieur et vis ma mère debout, sous la pluie dans le jardin, qui me faisait des signes. Comme elle n'avait pas le droit d'entrer et qu'il n'y avait pas de téléphone, elle avait trouvé ce moyen pour communiquer avec moi. Nous nous parlâmes en criant mutuellement pendant un moment avant de mettre au point notre propre langage de signes.

Plus tard dans la journée, le médecin vint me voir dans le cadre de ses visites et m'informa d'un air détaché que naturellement, j'allais devoir rester à l'hôpital pendant au moins neuf semaines. J'étais sous le choc: neuf semaines est une longue période pour n'importe qui, mais c'est une éternité pour un petit garçon. J'étais anéanti. Ma fidèle maman venait tous les jours, par tous les temps et m'apportait mes bandes dessinées préférées, *Die von Schreckenstein*, l'histoire d'une galerie de

portraits dans un château où tous les tableaux se réveillent à minuit et font tout ce qu'ils peuvent pour flanquer une trouille bleue aux propriétaires.

N'ayant de mieux à faire, je découpais des figurines de papier dans mes bandes dessinées puis les collais dans un album avant d'écrire mes propres histoires en-dessous. Sœur Margret, la gentille sœur, adorait ce que je faisais et ne se lassait jamais de mes histoires.

Le quatrième jour, non seulement ma mère apparut dans le jardin mais mon père l'accompagnait également. Il avait réussi je ne sais comment à faire le long voyage en dépit de la pénurie d'essence. Il m'avait écrit un écriteau et me le tendit pour que je puisse le lire: «Tu seras sorti pour Pâques». Il voulait bien faire avec cette pancarte et essayait de me remonter le moral, mais Pâques arriva et passa et j'étais toujours à l'hôpital. A ce moment-là, un garçon de 13 ans, atteint lui aussi de la scarlatine, vint occuper le second lit.

Il avait une toute autre réaction que moi vis-à-vis de son séjour à l'hôpital, et il se montrait plutôt content d'être éloigné de sa famille pendant quelques temps. Il s'appelait Casper, et il me parla de sa grande famille et des gens du quartier qui avaient des moyens très modestes. C'était un beau garçon mais peut-être un peu trop bruyant et exubérant. Étant donné qu'il était plus âgé que moi, je croyais tout ce qu'il me racontait. Il trouvait mes découpages et mes poupées en papier complètement ridicules. En vérité, il avait clairement d'autres pensées en tête, et il était très impatient de m'en faire part. Il m'expliqua que chez lui, il devait partager une chambre avec sa grande sœur et son mari.

— Tu vois, Peter, je fais semblant de dormir et lorsque ma sœur et son mari viennent se coucher, je les regarde en train de faire l'amour. Je n'ai que 13 ans, mais pour mon âge, j'ai déjà une grosse bite, m'expliqua-t-il en soulevant sa couverture afin de me montrer son pénis en érection. Celui de mon beau-frère fait trois fois le mien et est aussi gros qu'une *wurst*[1]. Tu sais quoi? Il met ce gros truc dans le minou de ma frangine et elle ne se plaint pas. Au contraire, elle gémit, elle grogne et adore ça.

Je restai assis dans mon lit, bouche bée.

Ensuite, Casper prit une bouteille qui se trouvait sur sa table de chevet et essaya d'y introduire son pénis, tout en continuant:

— Imagine que cette bouteille, c'est le minou de ma sœur. Eh bien, il met son truc dedans et le sort, le remet dedans et le ressort jusqu'à ce qu'il jouisse, mais avant ça il met une capote pour qu'elle n'ait pas de bébés. Ils n'ont pas encore les moyens d'avoir des enfants. C'est ce que tout le monde dit.

— Casper, demandai-je, c'est quoi, une capote?

— Tu vois, c'est un truc en caoutchouc très fin et le foutre ne peut pas entrer dans ma sœur.

— Tu es en train de me dire que sans cette chose, ta sœur pourrait avoir un bébé? Visiblement exaspéré, Casper leva les mains au ciel.

— Mon Dieu, que tu es naïf. Comment crois-tu que tes parents t'ont eu? Ils ont baisé, évidemment.

Je trouvai cette information aussitôt fascinante et dégoûtante, déroutante mais en même temps extrêmement intéressante. Je lui chuchotai de l'autre côté de la pièce:

— Tu es en train de me dire que ma mère et mon père ont fait *ça?*

Casper se mit à rire si fort que j'eus peur que toutes les religieuses arrivent en courant.

— Mais bien sûr. C'est comme cela qu'on fait les enfants.

A ce moment-là, assis là sur mon lit, je ne le croyais pas. Il était tout bonnement trop grotesque d'envisager que ma douce maman puisse faire quelque chose d'aussi répugnant. Incrédule, je le regardai fixement.

La bouteille était revenue sur la table de chevet.

— Peter, crois-moi, c'est comme ça qu'on fait. Tu découvriras plus tard que j'ai raison. Et d'ailleurs, c'est génial comme sensation. Si tu n'as pas de fille, tu peux le faire tout seul. Je veux dire que tu peux avoir cette sensation mais ce n'est pas vraiment la même chose.

Sur ce, il commença à masser son pénis encore dur, tout d'abord lentement, puis de plus en plus vite. Ses yeux se fermèrent, il se mit à gémir et un liquide blanc et brillant jaillit sur son ventre.

— Ah, comme tu vois, c'était super, murmura-t-il.

Après s'être essuyé avec une serviette qui se trouvait sur la table de nuit, il rabaissa sa chemise et remonta la couverture jusqu'à son menton.

— Je suis fatigué, dit-il. Je vais faire un petit somme.

Des graviers heurtèrent ma fenêtre et je vis ma mère, seule dans le jardin. Mon père avait dû rentrer à la maison. Nous

nous fîmes des signes de la main et nous nous envoyâmes des baisers par la fenêtre. Pendant que je regardais ma mère qui me souriait, je pensais: «Casper est un idiot de bas étage! Mensonges, ce ne sont que des mensonges! C'est juste un gros frimeur. Ma mère ne ferait jamais ça. Ou alors peut-être que si?»

Je sortis de l'hôpital avant Casper et ne le revis jamais.

Il pleuvait encore le jour où ma mère vint me chercher dans une voiture fermée, tirée par un seul cheval noir. Nous marchâmes ensemble dans les couloirs et dîmes au revoir à toutes les religieuses. Sœur Margret me serra dans ses bras, en pressant mon visage contre son crucifix et sa douce poitrine, et elle me demanda si elle pouvait conserver mon album d'histoires avec les figurines en papier afin d'amuser d'autres jeunes patients. Je le lui tendis.

Dehors, le cocher nous attendait, perché sur son siège, et l'air triste et délaissé dans ses vêtements de pluie. De l'eau brillait sur les flancs luisants de l'unique cheval.

Les sabots du cheval se mirent à faire résonner leur clip-clop sur les pavés et j'étais de nouveau libre. Je me penchai pour regarder par la petite fenêtre de la voiture, le long de laquelle dégoulinaient les gouttes de pluie et je vis les premiers signes annonciateurs du printemps: les marronniers devant lesquels nous passions étaient recouverts de nouvelles feuilles brillantes, les jonquilles étaient en fleurs et les forsythias jaune doré s'étalaient le long des avenues. Les pelouses du *Lichtentaler Alle* n'étaient qu'une mer de crocus jaunes et mauve et je me retrouvai encore en train de respirer cet air sucré, qui se mélangeait cette fois à l'odeur du cuir de notre voiture fermée. La pluie s'était pratiquement arrêtée et ma mère me tenait la main.

— Nous n'habitons plus à l'hôtel, commença-t-elle. Ils ont voté une nouvelle loi qui n'autorise que des séjours de trois semaines maximum, mais M. Steiger, le propriétaire de l'hôtel, nous a loué des chambres dans sa villa. La loi l'oblige à loger des personnes et il en a parlé à ton père. La villa est très grande et magnifique. Je suis certaine que tu vas t'y plaire.

Nous passâmes devant le théâtre de couleur rose et ses larges parterres de pensées jaune et bleu mouillées scintillant dans les faibles rayons de soleil. La voiture tourna à gauche et le cheval s'arrêta en haut d'une rue pentue.

— Nous y sommes, Peter, annonça ma mère, tout en m'indiquant une bâtisse au fond d'un parc.

La voiture avança entre deux grandes grilles de fer qui constituaient l'entrée principale de la propriété, et ma mère m'expliqua que cette entrée n'était plus que rarement utilisée.

— Il existe une entrée plus petite en haut, au même niveau que le manoir.

La route devint plus sinueuse et plus raide en montant, et nous atteignîmes finalement une grille moins grande qui ouvrait sur une étroite allée bordée de marronniers et menant tout droit à l'entrée principale de la maison. Celle-ci était énorme, aussi grande qu'un hôtel, mais ma mère persistait à l'appeler *villa*, un mot nouveau pour moi.

La villa était considérée comme l'un des monuments de Baden-Baden. Un Américain l'avait faite construire au début des années vingt mais il avait quitté l'Allemagne après le krach boursier et l'avait vendue à M. Steiger. C'était la réplique d'une villa italienne de style palladien et elle s'inscrivait à la perfection dans son environnement. Elle dégageait un sentiment de légèreté et de gaîté, avec ses nombreux escaliers, loggias, terrasses, une fontaine et un grand nombre de pots magnifiques contenant tous des géraniums. La vue était splendide en direction du Mont Mercure et de Baden-Baden, que nous dominions. La villa comptait 18 pièces et mon père louait un dressing, une chambre et une salle de bains au premier étage ainsi que la salle à manger principale, qui était séparée du salon par une voûte en bois sculpté. Derrière cette pièce, se trouvaient une vaste cuisine et un office. Un escalier en colimaçon menait à l'étage supérieur et, jouxtant le salon, une terrasse offrait une vue sur toute la propriété.

J'étais impressionné, voire bouleversé par toute cette beauté, et j'adorai immédiatement l'endroit.

Il n'y avait personne dans la maison à notre arrivée. M. Steiger travaillait à l'hôtel, Helen, sa fille unique, était à l'école, et sa gouvernante était sortie faire des courses. M. Steiger était divorcé depuis de nombreuses années et vivait dans ce palace avec sa fille et sa gouvernante. Ils prenaient leurs repas à l'hôtel, ce que nous avions également l'intention de faire.

J'enlevai mon imperméable en toute hâte et commençai à explorer la villa vide de haut en bas avec délectation. C'était la plus belle maison que j'avais jamais vue. En comparaison, notre maison de Düsseldorf qui, à une époque, m'avait semblé si grande, n'était plus qu'une plaisanterie.

Tandis que je courais de pièce en pièce, ma mère me suivait de loin, en m'appelant par mon nom. Elle finit par me rattraper dans la loggia qui donnait sur le salon de M. Steiger.

— Tu n'as pas le droit d'entrer dans ces pièces, m'expliqua-t-elle. Ce n'est pas chez nous.

— Oh Maman, implorai-je. Personne n'est là, et ils ne le sauront jamais si nous visitons un peu.

Elle n'avait pas encore osé jeter un coup d'œil dans les pièces interdites, et je vis qu'elle était curieuse, tout comme moi. Aussi, nous parcourûmes ensemble toutes les pièces, du grand hall au salon en passant par le grand escalier et les chambres, jusqu'aux appartements de la bonne qui n'étaient pas utilisés puisque le personnel de l'hôtel venait faire le ménage deux fois par semaine.

Une fois le plan de la maison gravé dans ma mémoire, je renfilai mon imperméable et sortis explorer le parc. Je découvris une serre, cachée par des arbres et que l'on ne pouvait pas voir de la villa et, de l'autre côté, également invisible de la maison principale, un édifice de style bavarois flanqué d'un grand garage. Là, une voiture monstrueuse reposait sur des cales, entièrement recouverte d'une bâche. Je soulevai un coin de la bâche, ouvris la portière et grimpai dans la voiture.

A cette époque-là, je l'ignorais, mais j'étais assis dans une voiture de collection, une Rolls Royce de 1927. Je la trouvais merveilleuse et pendant un instant, elle retint toute mon attention avec son intérieur de bois foncé et de cuir. Mais soudain, j'entendis un bruit étrange, une sorte de gargouillis provenant de la partie inférieure du toit du garage. Je sortis de la voiture, levai les yeux et découvris une longue cage rectangulaire où s'ébattaient de magnifiques colombes exotiques, presque toutes blanches et quelques-unes marron clair. J'appris plus tard que l'élevage de ces gracieux oiseaux était le passe-temps de M. Steiger.

Lorsque je sortis du garage, je faillis me heurter à deux personnes avançant dans ma direction dans l'allée. L'homme était grand et mince et la femme petite et ronde.

Je remarquai que le regard de l'homme était bon.

— Tu dois être le jeune homme du village, me dit-il. Nous avons appris que tu viens juste de sortir de l'hôpital et regarde ce que tu fais, tu es déjà en train de courir partout. Ce n'est pas très raisonnable, tu sais.

Nous nous serrâmes la main. Je leur donnai mon nom et découvris que je venais de faire connaissance avec M. et Mme Vernin. Lui était le jardinier, responsable de toutes les fleurs de l'hôtel et du domaine et elle, la blanchisseuse de la villa. Tous deux aimaient les enfants bien qu'ils n'en aient point et M. Vernin et moi devînmes bons amis.

Tout ce que je connais du jardinage, c'est lui qui me l'a appris, et avec une grande patience. Quant à elle, elle était très timide et ne parlait guère, mais c'était une perfectionniste dans son travail. Je ne reverrai jamais plus du linge et des chemises aussi soigneusement lavées, comme elle le faisait.

Ils vivaient dans un appartement situé au-dessus du garage et m'y invitèrent un moment. L'appartement était petit, impeccable, un petit peu démodé mais très douillet. Mme Vernin me prépara une tasse de chocolat chaud nappé de crème fouettée. Ce fut un véritable délice, que j'appréciais d'autant plus en ces temps de guerre.

Occupé que j'étais, j'avais oublié ma mère, qui était déjà en train de me chercher désespérément. Elle entendit nos éclats de voix joyeux par les fenêtres ouvertes et frappa à la porte. Lorsqu'elle entra dans l'appartement, je me rendis compte qu'elle était en colère mais, ne connaissant pas encore les Vernin, elle ne fit aucune remarque devant eux. Ils lui proposèrent aussi du chocolat qu'elle refusa, prétextant que je devrais être dans mon lit en train de me reposer. Après tout, je venais juste de rentrer de l'hôpital.

— Je suis certaine que ce sont des gens très sympathiques mais ce n'est pas une excuse pour disparaître et me laisser assise toute seule aussi longtemps, se plaignit-elle une fois que nous fûmes seuls, dehors. Tu es exactement comme ton père, toujours à courir à droite et à gauche. Tu dois te reposer. Je ne veux pas que tu rechutes.

A mesure que le printemps s'annonçait, le parc devint un enchantement, avec ses centaines de rhododendrons en fleurs, tous sous l'étroite surveillance de M. Vernin. Nous savions qu'il y avait une guerre mais pas à Baden-Baden, pas dans la Forêt Noire.

Un jour, tandis que nous nous apprêtions à partir déjeuner à l'hôtel, ma mère me posa des questions sur le garçon avec qui j'avais partagé ma chambre à l'hôpital.

— Gentil, dis-je. Il s'appelait Casper.

— Il était plus âgé que toi. Il avait 13 ans, je crois.

— Oui, il avait 13 ans.

— Et alors, de quoi parliez-vous pendant tout ce temps? s'enquit-elle.

Elle cherchait juste à faire la conversation sur le chemin, avant le déjeuner, mais beaucoup de choses étaient restées gravées dans mon esprit, suite à mes conversations avec Casper.

— Maman, lâchai-je enfin, c'est vrai que Papa t'a baisée sans capote?

Elle se raidit immédiatement. Son visage devint rouge vif, de la couleur des tomates. Elle respira profondément une première fois puis une seconde fois, deux pas plus loin, s'arrêta de nouveau et se tourna vers moi.

— Ne répète jamais ces mots-là! Ils sont sales! Alors comme ça, ce garçon, ce garçon issu d'un milieu populaire, parlait de ces choses-là? Je suis choquée!

Je voyais bien qu'elle l'était, au plus haut point.

— Maman, s'il te plaît, je ne l'ai pas cru, mais c'est ce qu'il a dit et il a dit aussi que c'était comme ça que j'étais né.

— Oh, mon Dieu, si ton père était là, soupira-t-elle.

— Eh bien, dis-moi comment on fait les enfants. Je veux savoir s'il m'a menti ou s'il m'a dit la vérité, insistai-je.

Nous marchions lentement, l'un à côté de l'autre.

— Nous ne pouvons pas parler de ces choses à l'hôtel, et s'il te plaît, ne me pose pas de questions à table. Promets-le moi.

— Oui, Maman, mais explique-moi. S'il te plaît.

Pauvre Maman, je voyais bien qu'elle était confrontée à un terrible dilemme. Elle réfléchit quelques instants puis, en hésitant et en utilisant son allemand le plus châtié, elle me parla des oiseaux et des abeilles. Au moment d'arriver à l'hôtel, je savais tout. C'était la même histoire que celle que Casper m'avait racontée, seulement maintenant je la connaissais en haut allemand.

De petites gouttes de sueur perlaient sur son front. Elle sortit un mouchoir de son sac à main et les essuya avant de pénétrer dans l'hôtel.

— Vas-y, me dit-elle au moment où nous traversions le grand hall. Il faut que j'aille me repoudre d'abord.

Elle s'éloigna et j'entrai dans la salle à manger.

Nous étions toujours assis à la même table.

«Donc, pensai-je en m'asseyant seul à la table, en fin de compte, il l'a baisée.»

On peut dire que l'aura de ma mère s'était légèrement ternie pour moi ce jour-là, et que ma période d'innocence était définitivement révolue.

Tout près de nous, une dame était assise à une petite table. Elle était toujours coiffée d'un grand chapeau en paille. C'était toujours le même, qu'il pleuve ou qu'il fasse beau. Or, ce jour-là, elle était exceptionnellement accompagnée d'un jeune homme. Manifestement, c'était son fils. Il était en uniforme et nous pensions qu'il était en permission. Je remarquai ses mains, qui étaient d'un bleu violacé. Lorsque leur repas fut servi, sa mère lui coupa tous ses aliments et commença à le faire manger tandis que ses mains restaient posées sur la table.

— Que se passe-t-il, Maman? chuchotai-je.

— Oh, ce pauvre jeune homme, ses mains ont gelé pendant la guerre.

C'est à ce moment-là que je pris conscience d'une chose: il existait un autre monde, quelque part, dont je ne connaissais rien.

Le haut-parleur demanda Mme Jaqulay. Maman sursauta et sortit du restaurant en courant, ce qui me donna la chaire de poule. Cela ne pouvait être qu'un appel de Düsseldorf. «Mon Dieu, pourvu que ce ne soit pas Papa!», pensai-je.

Maman revint après ce qui me sembla une éternité.

— Papa va bien, murmura-t-elle, en lisant l'inquiétude sur mon visage. Düsseldorf a été bombardée la nuit dernière, et la moitié de la ville est détruite. Une bombe incendiaire est tombée sur notre maison; le premier étage a disparu. Comme ils n'avaient pas assez d'eau, Papa et Anna ont essayé d'éteindre les flammes avec du vin et du Champagne, tu imagines?

Je fondis en larmes: tous mes jouets et mes poupées avaient donc disparu.

— Arrête immédiatement, m'ordonna-t-elle. Il reste plein d'autres jouets dans le monde, espèce d'idiot. L'usine était en feu aussi. Personne n'a aidé Papa à maîtriser l'incendie, excepté les prisonniers de guerre. Tu sais, le toit est recouvert de goudron et il faisait tellement chaud qu'il a fondu. Ton père est tombé et a commencé à glisser et il aurait traversé la grande verrière si l'un des prisonniers ne l'avait pas rattrapé par les jambes et tiré vers lui. Son bras gauche est gravement brûlé. Ton père aurait pu être tué et toi tu pleures pour tes jouets idiots.

L'appel téléphonique était arrivé alors que nous avions terminé notre soupe, et ni l'un ni l'autre ne pouvions avaler quoi que ce soit de plus, maintenant. Nous demandâmes donc un taxi pour nous ramener à la villa. Une fois arrivés, ma mère alluma immédiatement la radio pour écouter les nouvelles et là, un nouveau choc nous attendait: le présentateur annonça que nous étions en guerre avec la Russie.

— La situation va nous échapper, dit ma mère. Il faut que tu comprennes une chose. Jeune comme tu es, ne répète jamais, mais jamais, à quiconque ce qui se raconte dans cette maison. C'est bien compris?

J'étais mort de peur. La journée avait été difficile, je promis d'obéir et je tins ma promesse.

— Maintenant, Papa a besoin de se reposer. Nous allons

nous rendre rapidement à Düsseldorf et ensuite nous partirons trois semaines au bord de la mer avant de revenir ici. Il veut que nous partions demain. Je vais préparer les bagages.

A ce moment, je pressentis que tous les adultes n'étaient pas favorables à la guerre. Cela faisait beaucoup de choses à intégrer en un jour mais j'y parvins, et je n'oublierais jamais la leçon apprise ce jour-là.

Cette fois, nous emportâmes une seule valise. Le voyage en train fut un véritable cauchemar. Les militaires étaient naturellement prioritaires. Nous nous retrouvâmes à neuf dans un compartiment prévu pour six personnes, et je dus rester la plupart du temps assis sur les genoux de ma mère. Le trajet, qui durait normalement quatre heures, prit deux fois plus de temps, mais nous finîmes par arriver.

Papa nous attendait à la gare, le bras en écharpe.

Je n'oublierai jamais le trajet jusqu'à la maison. Ce qui jadis était une jolie ville, n'était plus alors que ruines et décombres. Notre maison avait perdu toute sa superbe. Du carton remplaçait les fenêtres, et l'intérieur était d'une saleté épouvantable, à cause de la fumée qui provenait de l'étage supérieur, des plafonds écroulés et de la poussière et des morceaux de plâtre recouvrant tout. De mon ancienne chambre, je pouvais voir le ciel. Quelques cordes le long d'un mur témoignaient qu'à une époque, j'avais eu un piano droit. Ma pauvre maman était totalement anéantie et passait la plupart de son temps à pleurer.

Papa avait construit un abri sous l'usine afin que ses ouvriers qui, pour la plupart vivaient dans le quartier, disposent d'un refuge en cas d'alerte. Comme il y en avait toutes les nuits, nous passions plus de temps dans l'abri que dans la maison, et de toutes les façons nous nous y réfugiions à partir de six heures du soir. Des couvertures disposées sur des bancs permettaient de s'allonger tant qu'il y avait de la place. Ensuite, nous devions nous asseoir serrés les uns contre les autres comme dans une boîte de sardines. Certaines personnes sommeillaient, mais la plupart restaient éveillées. Une nuit à onze heures, il y eut un nouveau raid aérien sur Dùsseldorf.

A cette époque, les bombes lourdes existaient déjà. Elles étaient souvent larguées quatre par quatre et pouvaient détruire tout un pâté de maisons. A l'exception de cette première nuit, des années auparavant, cet enfer était nouveau pour ma mère et moi. Ceux qui avaient déjà connu ces raids devenaient hystériques. Personne ne savait si sa maison serait encore debout une fois le bombardement terminé, et nous nous demandions tous si nous serions touchés directement ou non.

L'abri, tout en béton armé, tremblait pourtant comme s'il avait été fait de carton. J'entendais les bombes tomber. Tout d'abord, on percevait un sifflement, suivi de quelques secondes de silence avant l'impact. On pouvait deviner approximativement à quel endroit elles étaient tombées.

Cette nuit-là, c'était le port sur le Rhin, pas très loin de nous, qui était visé, et il y avait un grand risque que l'usine ne soit encore touchée. Les gens priaient Dieu avec ferveur. Des bébés pleuraient, et il régnait une tension quasi-palpable. Un vieil homme près de moi chia dans son pantalon.

Finalement, la fin de l'alerte fut donnée. Lentement, nos compagnons d'infortune ramassèrent leurs affaires et partirent – troupe d'individus fatigués, au teint blême, effrayés à l'idée de ce qu'ils allaient trouver chez eux.

L'usine n'avait pas été touchée, mais nous partîmes très tôt le lendemain matin, à destination d'une station balnéaire située près de la frontière danoise.

Nous voyageâmes dans deux voitures: nous trois dans un véhicule, et le partenaire de Papa, Oncle Joe, son épouse, Tante Ellie et leur fille Lisa, dans l'autre. Je les appelais ma tante et mon oncle puisque je les avais toujours connus, mais nous n'avions aucun lien de parenté. Lisa avait quelques mois de moins que moi et jusqu'à ce que nous quittions Düsseldorf, nous avions été pratiquement élevés comme frère et sœur. Pendant la guerre, Tante Ellie et Lisa vivaient comme nous dans une station thermale. C'était formidable que nous soyons de nouveau tous réunis pour ces vacances à la mer. Après tout, nous ne nous étions pas vus depuis longtemps.

Nous passâmes une nuit à Hambourg, dans un grand hôtel près d'Alster. Nous vîmes très peu de la ville, mais Lisa et moi nous souvenons du concierge qui faisait notre taille mais ressemblait à un vieil homme. Son uniforme rappelait celui des chasseurs de Baden-Baden. Sa voix était celle d'un adulte ainsi que ses manières. Nous étions fascinés par ce petit homme car, naturellement, nous n'avions jamais vu de nain auparavant.

Cette nuit-là, il y eut une alerte et nous descendîmes tranquillement avec tous les autres pensionnaires dans la cave de l'hôtel, où les enfants s'endormirent. Aucune bombe ne fut larguée cette nuit-là. L'heure de Hambourg n'avait pas encore sonné, mais ce serait pour plus tard.

Cette année-là, nous passâmes un été formidable. Nous, les enfants, découvrions la mer, l'océan tout puissant. Nous adorions la ville, pas très grande, notre petit hôtel et la place, mais cet océan nous faisait peur. Les gens sautaient carrément dans les vagues et semblaient bien s'amuser. Et le goût de l'eau, mon Dieu!

Un jour que nous trempions le bout de nos orteils dans l'eau, nos pères nous attrapèrent pour nous emporter sur leur dos dans la mer. Nous nous mîmes à crier à pleins poumons, persuadés que nous n'allions jamais revoir la terre ferme. Nos pères s'efforcèrent de nous calmer en trempant nos petits corps dans les vagues salées. Il nous fallut un certain temps pour nous habituer à ce nouvel élément, mais ensuite, nos parents eurent tout le mal du monde à nous faire sortir de l'eau.

Les trois semaines passèrent très vite. Nous étions tout bronzé de la tête aux pieds, et l'océan était devenu notre ami. Nous connûmes de merveilleuses journées de farniente occupées à jouer dans le sable, pendant que les adultes prenaient le soleil dans ces fauteuils en osier qui poussaient sur la plage comme des champignons.

Ces vacances allaient rester gravées dans notre mémoire pendant longtemps. Désormais, la mer était devenue notre amie et nous ne l'oublierions jamais. Mais hélas, nous n'allions pas revoir de vagues avant des années. Le dernier soir, nous dînâmes en musique sur la terrasse de l'hôtel. Les adultes dansèrent – les hommes vêtus de blanc et nos mères portant des robes fluides en mousseline de soie aux imprimés fleuris et aux manches bouffantes, les cheveux relevés dans un savant chignon. Quant à nous, en costumes de marins, nous fûmes autorisés à rester avec les adultes. Les lampions se balançaient dans la douce brise et les vagues venaient mourir sur la plage. Comme nos parents étaient beaux, comme ils étaient heureux, insouciants et tellement amoureux!

Notre voyage de retour se déroula sans encombres.

A Baden-Baden, je devins un spectateur assidu du théâtre de marionnettes, et pour tout dire un passionné.

Rapidement, je fus connu de tout le personnel du *Kurhaus*, de la guichetière au contrôleur des billets en passant par le placeur. Je m'asseyais toujours au premier rang, et je commençais à connaître par cœur le texte de tout le répertoire de huit ou neuf pièces. Il s'agissait pour la plupart de contes de fées, excepté *El Hakim*, et une comédie du XVIIIᵉ siècle. A cette époque, je ne savais pas que deux personnes seulement faisaient toutes les voix, car les voix masculines et féminines pouvaient changer si radicalement qu'on avait l'impression qu'il y avait au moins une dizaine de personnes derrière la scène.

Comme cela arrive souvent chez les comédiens qui interprètent les mêmes rôles encore et encore, un beau jour, le lion du *Chat Botté* eut un trou de mémoire.

Du premier rang, je lui soufflai alors la réplique, et le lion se reprit et termina sa tirade.

Après le spectacle, le placeur m'arrêta:

— *Herr Direktor*[2] Eberts aimerait te parler, m'expliqua-t-il. Je lui ai expliqué que tu assistais pratiquement à chaque représentation.

Nous quittâmes donc le théâtre pour aller dans le foyer. Une petite porte latérale s'ouvrit et un petit homme aux cheveux gris et bouclés, et portant des lunettes aux verres épais, en sortit, suivi d'une grande femme blonde. Ils me serrèrent la main en souriant et me demandèrent mon nom.

— Voilà donc mon souffleur, aujourd'hui! Merci beaucoup, j'ai été très ennuyé pendant une minute, et même ma femme était incapable de m'aider, me dit-il.

Je rougis, car je n'en attendais pas autant de la part de *Herr Direktor* – comme il se présenta.

— Y a-t-il quelque chose que je puisse faire pour te montrer ma gratitude? me demanda-t-il. Bien sûr, qu'il y avait quelque chose! Cela faisait des semaines que je mourais d'envie de me

faufiler en coulisses voir comment tout cela fonctionnait.

— Pourriez-vous me montrer les coulisses? osais-je alors.

— Mais avec grand plaisir, mon garçon, répondit-il en riant. Suis-nous. Fräulein Becker, annonça-t-il, nous avons un visiteur. Mon sauveur est là.

On me présenta à *Fräulein* Becker[3], une vieille dame qui portait également d'épaisses lunettes.

— Tu vois, Peter, *Fräulein* Becker est juste en train de re- mettre à leur place les marionnettes avec lesquelles nous avons travaillé cet après-midi. Veuillez allumer les lumières, lui demanda-t-il.

Il monta alors deux grandes marches menant à une plate- forme de la longueur de la scène. Une rambarde courait de même le long de la scène, et elle était suffisamment large pour y reposer les bras. De chaque côté, les figurines rangées dans leur ordre d'apparition sur scène pendaient, accrochées aux poutres par des crochets. *Herr Direktor* prit le lion des mains de *Fräulein* Becker, qui s'apprêtait à le ranger. Il le fit descendre sur la scène et commença à rugir pendant que sa petite main manipulait les fils. Comme par magie, le lion prit vie, sa queue se mit à remuer, il secoua la tête et ouvrit sa gueule terrifiante. Eberts adressa alors un clin d'œil à *Fräulein* Becker. Elle prit une feuille de métal et la secoua. Le tonnerre ébranla la scène. Ensuite, elle appuya sur un interrupteur et le théâtre fut plongé dans le noir. Eberts souleva rapidement le lion et l'accrocha à un crochet, derrière lui. La lumière re- vint et Mme Eberts, pendant la courte coupure d'électricité, avait mis la souris sur la scène et la laissait courir dans tous les sens. J'étais stupéfait. C'était donc ainsi que l'on faisait, et que la grosse bête se transformait en une petite souris!

Ils voyaient tous combien j'étais perplexe et riaient.

— Maintenant, tu connais un truc du métier, dit *Herr Direktor* en redescendant. Mais naturellement, il en existe beaucoup d'autres. Écoute-moi, Peter. Samedi, nous allons jouer *Les Trois Vœux*. Si tu veux, tu pourras nous regarder des coulisses.»

— Merci, *Herr Direktor,* je serai là!

— Eh bien d'accord! La représentation commencera à 15 heures, mais tu peux venir plus tôt, me cria-t-il tandis que je partais en courant, trop impatient d'aller annoncer la bonne nouvelle à ma mère.

Ma mère écouta d'une oreille attentive le récit de ma nouvelle aventure. Elle savait que je n'avais pas d'amis de mon âge mais espérait que cela changerait le mois suivant, quand j'irais à l'école. L'alphabet, elle me l'avait déjà appris. Je savais lire l'heure et faire des additions et des soustractions. J'étais bien préparé pour faire mon entrée à l'école Adolf Hitler. Malgré tout, attendre jusqu'à samedi me semblait une éternité.

Pour m'occupait, je me lançai dans la fabrication de ma première marionnette. C'était une danseuse au serpent qui faisait l'ouverture du spectacle après M. Kuno. Ma mère m'aida à acheter du coton, du fil, des aiguilles, des chutes de tissu, et tout le matériel nécessaire.

Les figurines de M. Eberts étaient de véritables œuvres d'art. Chacune avait été sculptée dans du bois par l'artiste Ivor Puhony, mort depuis longtemps. Ma danseuse était faite de chiffons car je ne savais pas sculpter le bois. Ma mère avait trouvé une vieille poupée, et je la décapitai pour en récupérer la tête. Je repeignis son visage, et lui coupai les cheveux pour les remplacer par un chapeau en forme de pyramide découpé dans du carton et que je recouvris d'une feuille dorée et saupoudrai de paillettes dorées. C'était un mélange d'Egypte, de Bali et d'Inde mais cela n'avait pas d'importance: elle avait tout à fait l'air oriental, et c'était là l'essentiel. Le corps de la poupée était en tissu bourré de coton, et ses membres se composaient de fines branches recouvertes de coton et cousues dans le tissu. Le tout serait recouvert d'un magnifique costume. Le serpent posait toujours un problème mais il attendrait car on était samedi.

A 14 heures, j'étais dans les coulisses. Les marionnettistes venaient juste d'arriver et après un bref «Salut Peter», ils commencèrent à se préparer pour la représentation. Je les observai. Chacun savait exactement ce qu'il avait à faire.

Fräulein Becker glissa des caches en celluloïd de couleur devant les projecteurs placés en hauteur, de chaque côté de la scène, et constitués d'ampoules blanches puissantes insérées dans des boîtes de conserve. Ensuite, elle s'occupa du gramophone qu'il fallait encore remonter à la manivelle, et elle empila les disques dans l'ordre des numéros de marionnettes. Mme Eberts suspendit les figurines à gauche et à droite, derrière les coulisses, suivant leur ordre d'apparition: d'abord M. Kuno, ensuite la danseuse au serpent, et ainsi de suite. M. Eberts empila les décors et les toiles de fond dans l'ordre. Ils se parlaient à peine; avec une si vieille équipe, les paroles étaient superflues.

Il était essentiel de faire silence dès que le public commençait à entrer parce qu'il constituait une sorte de barrière invisible entre nous et l'extérieur. Il y avait aussi un cadre gigantesque recouvert d'une toile verte sur laquelle était peinte une forêt, sauf autour de la scène afin que les spectateurs puissent entendre le dialogue. Les microphones n'existaient pas encore, tout comme le matériel électrique qu'on utilise de nos jours.

La plupart du temps, *Fräulein* Becker s'activait côté cour. Pour des raisons inconnues, les ficelles du rideau se trouvaient côté jardin et elle n'arrêtait pas de courir d'un côté à l'autre.

— Peter, dit Eberts, quand je te fais un signe de tête de là-haut, tu ouvres le rideau ou tu le fermes. Tu veux bien?

— Bien sûr, *Herr Direktor,* je connais le répertoire par cœur, répondis-je fièrement.

— Je sais, c'est pourquoi je te confie le rideau, aujourd'hui.

Enfin, ils retirèrent leurs chaussures et enfilèrent de vieux chaussons avachis. *Fräulein* Becker lança la musique d'introduction comme le public arrivait. Mme Eberts regarda dans l'œil du rideau et compta les spectateurs.

— Seulement 15, aujourd'hui, chuchota-t-elle à son mari.

— Il fait trop beau, répondit celui-ci en haussant les épaules.

Les lumières du théâtre s'éteignirent lentement, la musique d'introduction s'arrêta. M. Eberts posa M. Kuno au centre de la scène. Il me fit un signe de tête et j'ouvris le rideau. M. Kuno s'inclina alors légèrement devant le public.

— Mesdames et messieurs, de tout cœur je vous souhaite la bienvenue au Théâtre de marionnettes artistiques de Baden-Baden, sous la direction de Ernie et Winny Eberts.

Il poursuivit ensuite avec son discours habituel, pour finalement annoncer la danseuse exotique au serpent.

Ensuite, à la plus grande joie du public, M. Kuno expliqua qu'il était entièrement à la merci de son maître qui n'avait qu'à tirer une ficelle pour le faire disparaître de la scène. Sur ces mots, Eberts le remonta lentement vers le haut tandis que Kuno faisait au revoir de la main aux spectateurs. Applaudissements, un signe de tête de *Herr Direktor* et je fermai le rideau. *Fräulein* Becker changea rapidement les lumières; Eberts fit descendre un palais oriental peint sur une toile; Winny mit la danseuse en place. Eberts tenait la baguette principale et Winny prit celle, plus petite, qui était reliée aux mains de la danseuse. *Fräulein* Becker fit démarrer la musique et j'ouvris très lentement le rideau. La scène était maintenant plongée dans une obscurité rougeâtre. La figurine était une œuvre d'art remarquable: peinte dans un ton café au lait et coiffée à la siamoise, elle était nue jusqu'à la taille, et les tétons de sa petite poitrine n'étaient pas plus gros qu'un minuscule clou doré. Elle portait de larges pantalons en lamé d'or et des babouches elles aussi dorées et recourbées au bout. Sur ses épaules, ondulait le serpent constitué de nombreux morceaux de cuivre articulés.

C'était la seule marionnette nécessitant deux personnes

pour la manipuler. Winny s'occupait des bras et des mains et Eberts du corps et du serpent. Elle ouvrait toujours le spectacle. Généralement, il y avait trois numéros mais si la pièce qui suivait était trop courte, on en jouait un ou deux de plus.

Pendant qu'elle dansait, *Fräulein* Becker s'occupait de changer les lumières de l'orange vert au jaune mais de mon côté, la lumière restait rouge. C'était mon acte préféré et je pense que le public partageait cet avis.

Étant donné que le théâtre avait été créé dans les années vingt, nous avions aussi les marionnettes des Dolly Sisters, ces chanteuses populaires du début du siècle. Elles chantaient et dansaient sur un disque anglais dont on prenait grand soin car sous Adolf, il aurait été impossible de le remplacer.

La pièce suivante, *Les Trois Vœux*, était un conte classique sur l'incrédulité et la bêtise humaines. Un bûcheron est en train de travailler dans une forêt lorsqu'il entend une voix à l'intérieur de l'arbre qu'il s'apprête à abattre. Il s'agit d'une fée, prisonnière de l'arbre, et qui le supplie de la libérer. Le bûcheron coupe le tronc avec habileté et trouve la jolie fée. Pleine de gratitude, celle-ci lui accorde trois vœux, avant de sortir de l'arbre en flottant gracieusement dans les airs.

Le deuxième acte se passe chez le bûcheron. Il raconte ses aventures à sa femme, mais elle n'en croit pas un mot et pense qu'il a trop bu. Comme ils sont trop pauvres, il n'y a rien pour le dîner et elle lui fait une scène terrible parce qu'ils manquent tout le temps d'argent. Le bûcheron est fatigué et honteux, il a faim et elle continue de le harceler. Elle voudrait bien avoir des saucisses pendant tout l'hiver et pousse le pauvre homme à lui prouver que sa fée pourrait exaucer ce vœu. N'y tenant plus, il lance:

— Eh bien, les voilà, tes maudites saucisses!

Sur ce, un immense plat de saucisses apparaît sur leur table.

Devant ce miracle, sa femme est ravie. Il se rend alors compte qu'il a déjà utilisé un vœu et sa colère est si grande que, vexé d'avoir commis cette erreur, il dit:

— J'aimerais que ces saucisses te sortent par le nez.

Un, deux, trois, les saucisses lui obéissent, et le plat est vide.

A cet instant, les deux personnages sont pris de panique: la femme devient hystérique, et le bûcheron a beau essayer de tirer sur les saucisses, elles sont bien accrochées. Il est sur le point de couper le nez de sa femme, mais elle gémit et le supplie. Finissant par céder, il forme le vœu que les saucisses partent, ce qui lui coûte son troisième et dernier vœu. La fée entre alors dans la cuisine, adresse au public un petit discours au sujet de l'incrédulité et de la bêtise humaines, puis elle quitte la scène en flottant, suivie par le plat de saucisses.

A cette époque, déjà, j'adorais l'idée que cette bonne fée parte dans même laisser les saucisses à ces pauvres gens – mais ça c'est l'Allemagne.

Dans un théâtre de marionnettes, ce sont les fils qui font tout.

La hache du bûcheron tenait dans ses mains grâce à un élastique mais elle devait être reliée à un fil pour lui soulever les bras. Quant à l'avant de l'arbre, un faux arbre, naturellement, il était maintenu par une ficelle de façon à pouvoir s'ouvrir, et sa partie supérieure devait se détacher pour que la fée sorte en flottant. Le plat de saucisses en papier mâché était lui aussi maintenu tenu par quatre fils afin de ne pas tourner sur lui-même. Les saucisses étaient pourvues de deux ficelles: l'une était reliée à un minuscule crochet dans le nez de la femme, l'autre servait à les faire revenir dans le plat. Il fallait donner l'illusion que tout ceci était réel, et les Eberts étaient passés maîtres dans cet art. *Fräulein* Becker et moi les admirions énormément.

— A une époque, nous étions quatre, me raconta Eberts. Mais maintenant, le quatrième est au front et il est impossible de trouver un remplaçant en temps de guerre. Toi, évidemment, tu es très jeune. Je sais que tu adores ça et tu es très doué. Je crois qu'il faut que je rencontre ta mère. Si elle accepte que tu nous aides en permanence, nous serions ravis de t'avoir. Bien entendu, tu le ferais bénévolement car malheureusement, nous ne pourrons pas te payer. Les temps sont durs, tu sais, nous n'avons vendu que 15 billets aujourd'hui. Ce n'est plus ce que c'était.

L'idée de gagner de l'argent ne m'avait jamais effleurée. J'étais si fier et flatté de pouvoir les aider que j'acceptai sur le champ à condition que ma mère y consente.

Un après-midi, tous trois se rencontrèrent dans un café, tandis que j'étais occupé à coudre le costume de ma danseuse au serpent en attendant le retour de ma mère.

Elle essaya sans succès de dissimuler combien elle était fière de son petit garçon. Les Eberts lui avaient fait part de mon enthousiasme, de mon amour du théâtre, de mon sens profond de l'observation, etc. Convaincue, elle me donna la permission de travailler avec eux.

Je l'embrassai et la serrai dans mes bras; j'avais vraiment une mère formidable!

Il n'y avait que deux représentations par semaine, le samedi et le dimanche. La règle remontait à l'ambitieux *Gauleiter*[4] d'alors, ce que j'ignorais.

J'y allais deux fois par semaine, et j'étais uniquement responsable du rideau à cette époque-là. Mais naturellement, je brûlais de me retrouver là-haut, avec eux, et de manipuler les marionnettes.

Ce jour arriva lorsque *Fräulein* Becker eut la grippe.

Je surpris les Eberts en pleine discussion: en ce jour de pluie, ils avaient vendu 30 billets. Comme ils ne voulaient pas annuler la représentation, ils me donnèrent ma chance.

C'était *Les Trois Vœux* qui étaient encore au programme mais peu m'importait la pièce: j'étais prêt. Pourtant, *Frau Direktor*[5] semblait mal à l'aise.

— Ce n'est qu'un enfant, il n'a que sept ans, dit-elle.

— Ne te fais pas de souci, ma chérie, ce garçon ne te décevra pas, la rassura Eberts. Il a déjà fait sa propre copie de la danseuse au serpent. Il l'apportera et tu jugeras par toi-même.

Tôt, ce samedi matin, les Eberts étaient assis dans la salle pour juger l'effet de mon chef d'œuvre sur leur scène.

J'étais dans les coulisses, surexcité. Les lumières étaient allumées, le disque était prêt, la toile de fond descendue et ma marionnette en place.

Les ficelles de ma danseuse n'étaient pas assez longues, si bien que les Eberts voyaient les bâtons disposés en croix et mes mains, mais ce n'était pas grave. La marionnette sur son crochet, au milieu de la scène, le disque en train de jouer, je me précipitai pour ouvrir le rideau, montai rapidement sur une caisse afin d'atteindre la balustrade et la danse pouvait commencer.

Personne ne m'aidait. Les mains de ma marionnette étaient suspendues à des caoutchoucs, donnant ainsi l'illusion qu'elles allaient s'agiter. Ses bras étaient suffisamment hauts, dans une position qui me paraissait parfaitement orientale. Quant à mon serpent, il était constitué d'un vieux collier de perles noires d'onyx ayant appartenu à ma mère, et qu'elle m'avait donné à contrecœur.

D'une main, je fis lentement monter le serpent et de l'autre, je fis passer les lumières du vert au jaune. Ma marionnette dansa exactement comme celle des Eberts, mais elle dut finalement sortir de scène car je devais fermer le rideau. Applaudissements des Eberts, qui coururent me rejoindre en coulisses.

Winny me prit dans ses bras et me donna un énorme baiser, un type d'effusion suprenant de la part de cette femme plutôt réservée.

— C'était vraiment mignon, s'exclama-t-elle. Désormais, tu es des nôtres! M. Eberts rayonnait.

— Bon spectacle, mon garçon. Maintenant, passons à la représentation de 15 heures.

Le spectacle se déroula comme s'il n'y avait jamais eu de *Fräulein* Becker dans la maison. Winny était toute rouge et transpira après coup, mais elle paraissait vraiment heureuse. Il régnait toujours une telle chaleur dans les coulisses qu'elle travaillait généralement en combinaison, mais elle renfila rapidement sa robe, mit son grand chapeau et prit ma main.

— Ernie, Peter et moi t'attendons sur la grande terrasse en bas. Nous allons manger la plus grosse glace qu'ils peuvent nous préparer, lança-t-elle par-dessus son épaule, en m'entraînant hors du théâtre.

A partir de ce moment-là, j'étais devenu l'un des leurs et cette situation donna naissance à une longue amitié qui dura jusqu'à leur mort.

Mon premier jour d'école arriva enfin.

Mon sac à dos en cuir qui contenait une ardoise, un crayon et un sandwich me semblait lourd et inconfortable. Le premier fardeau de ma vie.

Je tenais dans mes bras un *Tüte*[6] qui ressemblait au chapeau d'un clown à l'envers, rempli de bonbons. S'agissait-il d'un avertissement, destiné à adoucir l'avenir? Assurément.

Je portais des culottes courtes, des socquettes, cette chose sur mon dos et le cône en papier rempli de bonbons. Ma mère, en tailleur bleu marine, évidemment, me tenait par la main et nous partîmes en direction de l'école Adolf Hitler. Des drapeaux nazis flottaient au vent. Le directeur fit un long discours puis nous chantâmes *Deutschland, Deutschland über alles*, l'hymne allemand.

— Sois sage en classe, dit ma mère. C'est un jour important de ta vie.

Puis elle me laissa avec les autres enfants en train de chahuter les uns avec les autres dans notre salle de classe.

Nous étions 30 dans la même pièce, deux par bureau. Je me retrouvai au troisième rang, face au bureau du maître qui était juché sur une estrade. Mon voisin, qui s'appelait Norman, n'était pas non plus originaire de Baden-Baden, et il y habitait pour les mêmes raisons que moi. J'appris que sa maison n'était pas très loin de Düsseldorf. Après avoir observé toute cette bande d'enfants bruyants, je découvris rapidement qu'ils étaient tous du quartier. Nous étions les deux seuls étrangers.

Tout le monde parlait le dialecte local, sauf Norman, qui ne pouvait pas encore imiter leur accent.

C'est au milieu de ce brouhaha que notre maître fit son entrée.

Le pauvre bougre était parti à la retraite à 60 ans et maintenant, à 65 ans, il devait enseigner à toute notre clique. Il n'était certainement pas prêt à assumer cette nouvelle tâche. Il tenait une longue tige de bambou à la main, qu'il frappa sur son bureau jusqu'à ce que la classe fît silence.

N'accordant guère d'attention à tout ce tohu-bohu, je préférai concevoir dans ma tête ma seconde marionnette qui, évidemment, se devait d'être M. Kuno.

Norman prit le même chemin que moi pour rentrer, c'est-à-dire la direction de l'hôtel où je retrouvai ma mère pour déjeuner. Nous ne parlâmes guère en chemin, et il se révéla aussi ennuyeux que l'avait été la classe.

— Raconte-moi tout ce qui s'est passé aujourd'hui, demanda ma mère, curieuse, tandis que je lisais le menu.

Potage Crème Helen, encore, qui je le savais maintenant, signifiait soupe de pommes de terre.

— Notre maître a plus de 65 ans. Il nous a expliqué comment nous devions nous comporter en temps de guerre et comment il allait faire de nous de merveilleux soldats. S'il vit assez longtemps, bien entendu.

— Voyons, sois un peu plus respectueux.

— Maman, je me suis beaucoup ennuyé, répondis-je. Tu sais, je pense que ma prochaine marionnette sera M. Kuno. Il est pratiquement prêt dans ma tête, les détails et tout mais s'il te plaît, tu dois m'aider avec la queue de pie.

M. Steiger entra alors dans la salle à manger et s'approcha de notre table, arborant son sourire professionnel sur son visage ingrat.

— *Gnädige Frau*[7], dit-il en baisant la main de ma mère. Puis, s'adressant à moi:

— Peter, j'ai appris qu'aujourd'hui est un grand jour pour toi. Tu as fait ta rentrée à l'école Adolf Hitler.

Je le remerciai tout en me levant pour le saluer, comme ma mère me l'avait appris.

— Cet après-midi, à la villa, j'aimerais vous inviter à prendre le thé avec nous, *Gnädige Frau* et votre fils. Ma fille Helen sera là aussi. Vous allez tous les deux à l'école maintenant, c'est bien non?

Il s'inclina devant ma mère et disparut.

Je n'avais jamais aimé cet homme mielleux, au front étroit, et qui pommadait sur son crâne les quelques mèches de cheveux qui lui restaient. Sa fille Helen, en revanche était une très jolie jeune fille, avec des cheveux châtains et de grands yeux bleus. Lorsqu'elle souriait, on voyait se creuser d'adorables fossettes. Elle avait toujours beaucoup de devoirs pour l'école. De deux ans mon aînée, elle était toujours sous la surveillance de sa gouvernante, Melle Urner.

Ma mère était devenue amie avec Melle Urner et elles passaient parfois des soirées entières à tricoter et à bavarder.

Dès que je le pouvais, j'essayais de croiser Helen. Nous avions rarement le temps de nous promener dans le parc et de discuter, mais nous nous aimions beaucoup l'un l'autre. Elle n'avait aucun passe-temps et adorait que je lui parle du théâtre. Ses rédactions en allemand laissaient beaucoup à désirer et de temps à autre, je l'aidais, surtout avec des histoires de marionnettes. Melle Urner, manifestement, était au courant, mais ne voyait pas d'inconvénient à ce que j'aide Helen.

— C'est la première fois que M. Steiger nous invite, Peter, et tout ça parce que c'est ton premier jour d'école. C'est vraiment très gentil de sa part, n'est-ce pas? me demanda ma mère. Mais toi, tu ne trouves rien de mieux que parler de ta nouvelle marionnette. Tu ferais mieux de penser à l'école.

— Maman, s'il te plaît, le maître n'a fait que nous parler du IIIe Reich.

Elle changea alors rapidement de sujet. La soupe de pommes de terre était servie.

Le «thé» de M. Steiger fut servi dans le grand salon de la villa. A part lui, Helen et Melle Urner, il avait invité son architecte et sa femme, M. et Mme Lakers. Si celui-ci était ennuyeux, ce n'était pas le cas de son épouse, dont les cheveux blancs s'accordaient très bien à son teint frais. Elle était très drôle, actionnant avec ses pieds la machine automatique installée devant le piano à queue Steinway. Tout le monde voulait entendre Carmen, l'opéra à l'affiche du théâtre municipal à ce moment-là. Elle avait trouvé dans un kiosque voisin une bande blanche perforée, l'avait mise dans la machine et avait commencé à pousser de ses pieds sur les deux pédales. Le piano mécanique prit rapidement vie et on entendit alors Carmen. Elle aurait aimé être chanteuse et pendant que le piano interprétait l'air de *La Habanera*, elle se mit à chanter *sotto voce* avec la musique. Son mari était un très bel homme, probablement du même âge qu'elle, avec une petite moustache grise, un attribut qui n'était pas la mode alors et semblait réservé à Adolf. Leur fils unique, lieutenant, était au front.

Je remarquai que les adultes s'échangeaient des coups d'œil amusés lorsque Mme Lakers chantait faux, ce qui lui arrivait souvent, mais ils lui passaient ce caprice. Helen et moi, nous nous regardâmes: nous ennuyions autant l'un que l'autre, et nous sortîmes du salon à pas feutrés.

— Veux-tu monter? me proposa-t-elle.

J'acquiesçai.

Nous grimpâmes l'escalier en colimaçon. Helen avait une pièce tout à elle là-haut. Ce n'était pas sa chambre, mais juste une grande pièce remplie de jouets. Tout était bien rangé et me semblait complètement neuf. On se serait cru dans un magasin de jouets.

— Ce sont tous les jouets que j'avais quand j'étais petite, m'expliqua-t-elle.

— Mais Helen, ils ont tous l'air si neuf, fis-je remarquer.

— Tu sais, il n'y a jamais eu d'autres enfants pour jouer avec moi et jouer toute seule, ce n'est pas drôle du tout. Tu peux t'amuser avec ce que tu veux, même quand je ne suis pas là.

Sa générosité me toucha et je lui confiai que tous mes jouets avaient été détruits chez moi.

— Dans ce cas, choisis les jouets qui te plaisent, et emporte-les avec toi, me proposa-t-elle.

— Qu'y a-t-il dans cette grande armoire? demandai-je en lui montrant du doigt un grand meuble doté d'un miroir au milieu.

— Elle appartient à mon père. Je crois qu'elle est fermée à clef.

J'essayai une porte, puis l'autre et elles n'étaient pas fermées à clef. Curieux, nous regardâmes à l'intérieur. Dans le bas, se trouvaient des rangées de chaussures de femmes. Des robes, des manteaux, des capes étaient suspendus à une tringle, des chapeaux étaient alignés sur l'étagère du haut. Tout semblait être en bon état. L'odeur des boules de naphtaline remplit la pièce.

— Mon Dieu, s'exclama Helen, c'était la garde-robe de Grand-mère.

— On pourrait peut-être en essayer quelques-uns pour s'amuser? suggérai-je.

— D'accord, on va bien rire.

Et nous décidâmes de nous déguiser pour aller nous montrer en bas.

— Nous allons nous habiller en deux femmes élégantes.

Helen enfila une robe bleu clair en velours qui s'accordait à merveille avec ses cheveux auburn. Elle trouva des chaussures assorties, légèrement trop grandes, mais nous les bourrâmes de papier pour qu'elles lui tiennent au pied. Elle ficha sur sa tête un énorme chapeau rond orné d'oiseaux, de fleurs et de plumes d'autruche dans les tons de rosé. Pour compléter sa tenue, nous dénichâmes une cape de velours noir bordée d'hermine, légèrement jaunie. Ainsi vêtue, elle ressemblait tout à fait à une grande dame. Je choisis pour ma part une robe de dentelle blanche et un turban piqué d'un bouquet de plumes d'aigrette, des chaussures en satin blanc et une longue étole de renard blanc. Nous nous écriâmes alors en même temps:

— Regarde dans le miroir!

Lentement, nous descendîmes ensuite l'escalier en spirale jusqu'au premier étage, avant d'atteindre le grand escalier en nous tenant le bras.

Nous avions décidé d'entrer dans le salon en papotant, comme si de rien n'était. Ensuite, nous devions nous asseoir dans le grand sofa et demander une tasse de thé. Mme Lakers était en train d'interpréter des valses de Vienne sur le piano mécanique. Comme les portes coulissantes du salon étaient ouvertes, les convives nous virent arriver, et nous saluèrent de «Oh!» et de «Ah!», tandis que nous dirigions majestueusement vers le sofa et demandions du thé. Tous les adultes nous entourèrent et nous dûmes nous pavaner dans nos beaux atours pour eux.

— J'imagine bien qui a pu avoir cette idée, dit ma mère en riant.

M. Lakers nous emmena sur la terrasse pour nous prendre en photo. M. Steiger était le seul à ne pas sourire, et il essayait sans grand succès de dissimuler sa contrariété.

— Bon, c'était bien aimable, dit-il froidement. Et maintenant, filez en haut tout ranger soigneusement, vous deux.

— Oui, Papa, bien sûr, répondit docilement Helen.

Nous nous exécutâmes. Helen resta silencieuse, et j'avais l'impression que son père n'avait pas apprécié. Peut-être aurait-elle dû demander d'abord la permission? Pauvre Helen, elle devait demander la permission pour tout. Son père était très sévère.

A l'école, la classe devait se taire lorsque le maître entrait. Tout le monde se levait, et après le *Heil Hitler,* nous pouvions nous rasseoir. Un jour, j'étais en train de parler à Norman de M. Kuno, qui était pratiquement terminé, et je ne remarquai pas l'arrivée de notre maître. Norman me tira par la manche pour que je me lève.

— *Heil Hitler!*

Nous nous rassîmes et je repris mon histoire. L'instituteur regarda autour de lui.

— Êtes-vous encore en train de parler? demanda-t-il alors. Je me levai et répondis:

— Oui, monsieur.

— Avancez, m'ordonna-t-il. Penchez-vous sur le premier bureau.

Il fit signe aux garçons du premier bureau de se lever de leurs chaises.

— Vous apprendrez que l'on ne parle en classe que si c'est moi qui le demande, reprit-il.

Je dus me pencher en avant; il tira très fort sur mes culottes courtes et frappa à quatre reprises mon postérieur à l'aide de sa badine de bambou. Cela me fit terriblement mal car cette vieille bique était encore très forte malgré son âge, et je serrai les dents.

— Asseyez-vous, ordonna-t-il en m'indiquant ma chaise.

Assis, la douleur était encore plus vive, quelle que soit la position que j'adoptais. Ce jour-là, au déjeuner, j'eus le plus grand mal à cacher cette histoire à ma mère. Heureusement, les chaises de l'hôtel étaient rembourrées. J'avais très honte car je n'avais jamais été frappé de ma vie.

Le soir, au moment de me déshabiller, je pris garde de rester face à ma mère et j'essayai d'enfiler mon pyjama aussi vite que possible. Toutefois, j'avais oublié le grand miroir qui se trouvait derrière moi. Il reposait sur le sol et était soutenu par deux consoles dans lesquelles ma mère rangeait ses affaires de toilette. Elle y vit le reflet de mon postérieur ensanglanté, marqué de zébrures rouge et bleu.

— Tourne-toi, m'intima-t-elle. Baisse ton pyjama. Elle examina mes fesses.

— Mon Dieu, Peter, comment t'es-tu fait ça?

Mon sang-froid avait atteint ses limites. Je passai mes bras autour d'elle et commençai à pleurer amèrement.

— C'est le maître, il m'a frappé avec un bâton, m'écriai-je, avant de lui raconter l'histoire. Elle me coucha sur le ventre et alla dans la salle de bain chercher des serviettes humides, du coton et de l'hamamélis pour soigner mes blessures. Je ne l'avais jamais vue si scandalisée. Elle était blanche comme un linge.

— De toute ma vie, je n'ai jamais vu autant de cruauté, s'exclama-t-elle. Cet homme ne sait-il pas que les châtiments corporels sont interdits? Oh, ça ne va pas se passer comme ça! ajouta-t-elle d'une voix menaçante. Maintenant,

43

tourne-toi lentement pour que je passe un oreiller sous tes fesses. Mon pauvre chéri.

Elle m'embrassa.

— As-tu très mal? me demanda-t-elle pour la forme.

Le lendemain matin, elle me prit par la main et m'accompagna à l'école Adolf Hitler. Elle marchait vite et ne desserra pas les dents de tout le trajet. Une fois arrivés, elle se dirigea droit vers chez le directeur, écartant la secrétaire et me traînant dans son bureau.

— Je suis Mme Jaqulay, voici mon fils Peter qui est dans votre établissement dans la classe A de M. Burger, annonça-t-elle d'une voix perçante.

Elle fît volte-face brutalement et, avant de dire ouf, elle avait descendu mes culottes courtes et mes sous-vêtements jusqu'aux genoux pour montrer mon postérieur dénudé au directeur.

— Voici ce qui se passe dans votre école, *Herr Direktor.* Ce sadique de Burger a fait ça. Je vais déposer plainte à la police et je veux que cet homme soit renvoyé.

Puis, se tournant vers moi, elle ajouta:

— Maintenant Peter, remonte ton pantalon.

Le directeur était visiblement impressionné par cette visite inattendue de si bon matin. Lorsqu'il reprit ses esprits, il gémit en tordant ses mains.

— *Gnädige Frau,* je vous en prie, pas la police. Je vous en prie, pas de scandale, nous sommes l'école Adolf Hitler.

— Je me demande ce que dirait le *Führer* s'il apprenait que ses jeunes sont maltraités par un vieux sadique, répliqua ma mère sur un ton sarcastique. M. Burger est vieux, il est trop âgé pour une classe de 30 enfants.

— Je sais, mais nous n'avons personne d'autre ici, vous comprenez?

— Ce n'est pas une excuse, *Herr Direktor.* Je vais retirer Peter de l'école pendant une semaine. Je veux une lettre d'excuse de M. Burger et ensuite Peter sera transféré dans la classe B avec Fräulein Dump, exigea-t-elle.

— Oui, *Gnädige Frau*, je vais m'en occuper. Je suis affreusement désolé, balbutia-t-il.

— Bonne journée, *Herr Direktor,* dit ma mère. Ensuite, elle me poussa vers la sortie et claqua la porte.

J'étais très fier de la façon dont elle avait géré toute l'affaire, excepté qu'elle avait montré mon arrière-train nu, mais j'imagine que c'était qu'on appelle une preuve flagrante.

Juste avant Noël 1943, mon père arriva avec Annie. J'aimais beaucoup Annie, qui était à notre service depuis des années. Elle venait de la campagne lorsque mes parents l'avaient embauchée, mais depuis elle s'était civilisée. Je me souviens encore qu'elle avait alors des boucles en forme de saucisses dans ses cheveux noirs, mais elles avaient disparu depuis un moment maintenant. Nous étions tous très heureux de nous retrouver pour les vacances. Le dimanche, j'allais toujours à la messe, parfois avec ma mère, souvent tout seul. Nous n'étions pas particulièrement religieux, mais j'y accompagnais toujours ma grand-mère maternelle de son vivant, et cela faisait juste partie de la routine du dimanche matin.

Ce Noël-là, je jouai dans une pièce, à l'église: j'étais l'un des bergers de la crèche, et j'avais quelques lignes à réciter. Ils promirent tous de venir la voir, même mon père, qui n'avait pas dû entrer dans une église depuis qu'il avait épousé Maman.

Papa était arrivé avec des tas de bonnes choses et nous préparions dans la cuisine des gâteaux et de la pâte d'amandes, que nous trempions ensuite dans du chocolat chaud en guise de nappage. Mon père faisait les bretzels, ma mère confectionnait des petites boules qui ressemblaient à des patates de pâte d'amandes. Annie s'affairait avec la pâte à gâteau, et une fois que celle-ci fut bien aplatie, j'y découpais différentes formes à l'aide d'un emporte-pièce en métal. Papa avait également apporté un gramophone et beaucoup de disques. Régulièrement, nous passions les disques des chants de Noël que nous reprenions en cœur. Puis vint le moment de confectionner le gâteau de Noël. Nous étions tous occupés à préparer les différents ingrédients tandis que Papa pétrissait la lourde pâte. Les parents d'Oncle Joe étaient boulangers, et c'est pourquoi mon père connaissait beaucoup de choses en pâtisserie, apprises avec Joe lorsqu'ils étaient enfants. Enfin, il ajouta les autres ingrédients dans la pâte. Cela lui prit un certain temps, puis il la goûta, et son visage devint blême. Il goûta de nouveau, prit toute la pâte, la souleva et la jeta sur la table dans un grand bruit, l'air dégoûté.

— Elle est foutue! cria-t-il. Complètement foutue.

Nous étions abasourdis.

— Quelqu'un m'a donné le mauvais sachet. C'était du sel, du sel et pas du sucre!

Puis, fâché, il quitta la cuisine. Annie goûta la pâte en premier.

— C'était bien du sel, dit-elle.

Ma mère goûta, je goûtai: aucun doute, c'était bien du sel, et la pâte était fichue. Il y avait deux sachets marron identiques posés sur la table et Papa avait utilisé le mauvais. Annie se mit à pleurer.

— J'ai poussé le mauvais sachet vers monsieur Jaqulay.

— Annie, dit ma mère, ne pleurez pas. Il était facile de se tromper. Regardez, ils sont tous les deux identiques.

Annie courut après mon père dans la salle à manger. Tout en sanglotant, elle suggéra:

— Monsieur Jaqulay, peut-être qu'en mettant la pâte dans de l'eau toute la nuit, on pourrait la récupérer...

— Il n'y a rien à faire. Jetez-la! hurla mon père.

— Mais, monsieur Jaqulay, nous avons utilisé tous les ingrédients, la farine, tout ce qui est si difficile à trouver... insista Annie.

— Jetez-la, espèce d'idiote! gronda mon père.

Annie revint en courant.

— Il a dit...

— Oui, nous avons entendu, Annie, l'interrompit ma mère.

Puis se tournant vers moi:

— Tu as tout goûté, le chocolat, la pâte d'amandes, les noix. Pourquoi n'as-tu pas goûté ce qu'il y avait dans ces sachets?

Oh mon Dieu, ça allait être de ma faute, maintenant. Heureusement, Noël se déroula très bien, même sans le gâteau aux fruits. Ils assistèrent tous à la pièce religieuse et parurent ravis. Après la messe, nous dînâmes à la maison. Ils aimèrent le sapin que j'avais décoré et à partir de ce jour-là, cette tâche m'incomba et ce, pour de nombreuses années à venir. Puis ce fut l'heure des cadeaux. Pour Papa, j'avais trouvé un livre d'occasion sur l'époque industrielle. Pour Maman, j'avais fabriqué, avec l'aide d'Helen, un grand couvre cafetière. Quant à Annie, elle reçut un chapeau qui avait appartenu à ma mère, ce qu'Annie ignorait. Qu'elle ne fut pas ma surprise quand mon père ouvrit la porte en poussant une bicyclette. Je n'en croyais pas mes yeux: mon vélo! Papa commença à m'expliquer son fonctionnement dans les détails mais je ne pouvais pas attendre jusqu'au lendemain matin pour l'essayer. Il m'emmena donc sur la terrasse et j'enchaînai virage sur virage. Annie fut très heureuse, cette nuit-là. Mes parents lui avaient acheté une robe magnifique que je trouvai en fait trop élégante pour elle, mais il y avait une raison à cela: mes parents allaient se rendre à Düsseldorf deux semaines plus tard et Annie devait rester pour me garder et elle déjeunerait à l'hôtel avec moi. Le premier jour qui suivit le départ de mes parents, Annie était légèrement anxieuse. Elle s'était habillée pour le déjeuner et avait mis sa robe et son chapeau.

— Peter, qu'en penses-tu? me demanda-t-elle, mal à l'aise.

Annie n'avait jamais déjeuné dans un hôtel chic.

— Pas avec ces chaussures, Annie, répondis-je. Monte et mets les chaussures noires de Maman. Elle n'en saura rien.

Annie m'écoutait en matière d'habillement et savait que je serais de bon conseil.

— Annie, attends, criai-je.

Elle revint sur ses pas.

— Montre-moi tes mains.

Elle me les tendit.

— Pendant que tu seras là-haut, mets une paire de ses gants blancs, les trois-quarts. Tu sais où elle range ses affaires. Et mets aussi un peu de rouge à lèvres.

Elle rougit légèrement, mais fit comme je le lui avais indiqué.

— Bien, bien, lui dis-je en souriant, tandis qu'elle descendait l'escalier. On dirait une dame! Au fait, Annie, ça ne t'ennuie pas si, à l'hôtel, je dis que tu es ma tante?

— D'accord, répondit-elle en riant. Je serai ta tante Annie.

Nous nous mîmes à rire bêtement en nous regardant dans le miroir.

— Bien. On y va?

Et me voilà en route pour l'hôtel, en compagnie de mon élégante tante.

Annie adorait le cinéma. Elle avait bien observé comment se tenaient les vedettes du grand écran dans les films et je savais qu'elle ne me trahirait pas. Pour elle, naturellement, c'était comme un rêve, mais dans lequel elle s'amusait énormément. Tout le personnel me connaissait, évidemment, et vice versa. En entrant, Annie me prit le bras.

— Bonjour Peter, dit le concierge.

— Bonjour, monsieur Eberhard.

Jetant un regard à Annie, il la salua aussi:

— Bonjour *Gnädige Frau*.

— Bonjour, répondit Annie.

La scène se répéta dans la salle à manger. M. Walter, un homme plutôt rondouillard qui était notre serveur attitré, tint la chaise d'Annie.

— Bonjour Peter.

— Bonjour monsieur Walter. Je vous présente ma tante Annie, annonçai-je.

— Mes hommages, *Gnädige Frau*.

M. Walter nous donna les menus et s'inclina devant Annie, qui lui sourit.

— Madame votre mère et monsieur Jaqulay ne sont pas à Baden-Baden? s'enquit-il.

— Non, ils sont partis à Düsseldorf pour deux semaines. C'est pour cette raison que ma tante est ici, expliquai-je.

— C'est votre premier séjour à Baden-Baden, *Gnädige Frau*? demanda-t-il à Annie.

— Oui, acquiesça celle-ci.

—   Eh bien, je vous souhaite un agréable séjour.

Et sur ces mots, il nous quitta.

Annie commença à se détendre et étudia soigneusement ce nouvel environnement ainsi que la clientèle, qui à son tour l'observait discrètement. Les plus curieux posèrent la question à M. Walter, derrière leurs menus mais Annie ne s'aperçut de rien. Comme d'habitude, on me servit mon jus de pomme.

— Tante Annie, veux-tu une bouteille d'eau minérale? demandai-je avant que le serveur disparaisse.

Annie acquiesça.

Un coup d'œil, *bla bla bla*, pour madame, il prit note.

— Qu'est-ce qu'il a dit? voulut savoir Annie.

— Oh, ils aiment bien parler français. Attends de lire le menu.

A cette époque, les menus étaient très simples: une soupe, un plat principal et un dessert – que cela vous plaise ou non. Après tout, c'était la guerre. Annie regarda le menu.

— Je n'y comprends rien, me murmura-t-elle au bout d'un moment.

Je lui expliquai que la soupe était aux pommes de terre, que l'omelette était un genre de crêpe avec des morceaux de jambon et qu'un *soufflé* en français était un gâteau de riz accompagné de coulis de fraises.

— S'ils pouvaient le rajouter... commenta Annie.

Après le déjeuner, nous nous assîmes dans le hall et commandâmes du café.

— Pourquoi nous asseyons-nous ici? Pourquoi ne rentrons-nous pas à la maison? Je peux nous préparer du café, dit Annie.

— Il n'est que 2 heures de l'après-midi, et nous avons encore une heure devant nous.

— Une heure pour quoi faire?

— Eh bien, aujourd'hui nous sommes samedi et je vais aider au théâtre de marionnettes à 3 heures, lui expliqua-je, avant de lui raconter mon dernier passe-temps.

— Si tu n'as jamais vu de théâtre de marionnettes, tu vas être surprise.

Soudain, elle me serra le bras et se redressa sur son siège.

— C'est lui, Peter, regarde, c'est lui! me chuchota-t-elle, tout excitée.

Un bel homme élancé en tenue d'équitation descendait le grand escalier. Je l'avais déjà vu et je savais qui il était: Joseph Wrath, en chair et en os. Pendant un instant, je crus qu'Annie allait s'évanouir. En effet, Wrath était à cette époque la vedette du cinéma allemand, l'idole de toutes les femmes de 18 à 80 ans, et il tournait un film à Baden-

Baden. Il s'assit dans le hall pratiquement face à nous et Annie ne pouvait le quitter des yeux. Son chauffeur apparut et ils sortirent. Ravie, Annie ne cessait de rêver tout en marchant à mes côtés jusqu'à la mairie. Je lui achetai un billet et la guidai à l'étage du théâtre, où je l'installai au premier rang.

— Où vas-tu? me demanda-t-elle, ayant complètement oublié mon histoire.

— Assieds-toi et amuse-toi bien. Ensuite, je viendrai te chercher, lui expliquai-je avant de me précipiter dans les coulisses.

— Nous sommes en retard aujourd'hui, fit remarquer Eberts.

— C'est parce que j'ai dû m'occuper de la bonne au déjeuner, répondis-je.

Eberts secoua la tête et Winny m'adressa un regard très étrange, mais il était trop tard pour se lancer dans des explications. *Fräulein* Becker remonta le gramophone et le spectacle commença. A la fin, Eberts me dit:

— Il faut qu'on te parle.

— Oh, une minute, M. Eberts, s'il vous plaît.

J'ouvris le rideau et me penchai sur la scène. Le public était parti mais Annie n'avait pas bougé.

— On se retrouve en bas, au café. J'arrive tout de suite.

Puis je m'adressai à Dieter, le placeur:

— S'il te plaît, Dieter, montre à ma tante où se trouve le café.

Dieter hocha la tête et accompagna Annie.

— Alors comme ça, dit Eberts en passant sa main dans ses cheveux bouclés, tu as déjeuné avec ta bonne et emmené ta tante au spectacle. Tu es un phénomène, toi.

Ensuite, il redevint sérieux, et nous nous assîmes tous pour l'écouter.

— Au moment de sa mort, Purhony venait de terminer la

dernière figurine du conte de fées *La princesse et la grenouille*. Non seulement les marionnettes mais également le décors; or, ce conte n'a jamais été joué. Les figurines sont magnifiques, ainsi que les décors et Winny et moi avons terminé le dialogue, etc. Il y aura trois actes. Le problème, c'est que techniquement, c'est assez compliqué à cause des lumières qu'il faut éteindre, des changements rapides de décors. Nous aimerions le jouer mais nous aurions besoin que tu nous aides davantage et même que tu manipules trois personnages différents sur scène.

Je n'en croyais pas mes oreilles: c'était une première et j'allais y participer! Nous avions obtenu l'autorisation d'utiliser le théâtre tous les jours pendant quatre semaines seulement. Nous avions peu de temps devant nous et cela signifiait que nous devions répéter tous les après-midis. Il fallait que je reste après le déjeuner, de 2 heures à 5 heures, sans parler du spectacle habituel du samedi après-midi, évidemment. Tous les yeux se tournèrent vers moi et la question me fut posée:

— Acceptes-tu de travailler avec nous?

— Oui, bien sûr, cela me ferait très plaisir.

J'entendis alors le soupir de soulagement que poussèrent Winny et *Fräulein* Becker.

— Toutefois, il faut que j'en parle à ta mère d'abord pour avoir son autorisation, précisa M. Eberts.

— Ma mère est à Düsseldorf pour deux semaines, mais je sais qu'elle ne s'y opposera pas, lui assurai-je.

— Sans doute, Peter, mais c'est une question de politesse. Tu es mineur et tu vas travailler sans être payé. Nous ne voulons pas avoir de problème avec les autorités, tu comprends.

— Oui, je comprends, monsieur Eberts, mais qui a besoin de le savoir?

— De toutes les façons, je téléphonerai à ta mère, insista-t-il.

Ensuite, il me tendit le script.

— Je sais que tu les connaîtras par cœur avant qu'ils ne se gravent dans nos vieilles cervelles, dit-il en me parlant des dialogues. Je pense que nous commencerons vendredi, d'accord? Maintenant, va retrouver ta bonne ou ta tante ou qui tu veux.

Je pris le script et filai au café retrouver Annie. Jusqu'au vendredi, je ne décollai pas de ma lecture. Tout en arpentant la maison, j'apprenais le texte de tous les personnages. Cela rendit Annie folle parce qu'elle devait être mon souffleur et vérifier que je ne me trompais pas d'une virgule. Au fait, je ne sus jamais si elle avait aimé le spectacle. Elle avait probablement dû rêver de Joseph Wrath pendant toute la représentation, car cette rencontre fut certainement le moment le plus marquant de son séjour à Baden-Baden.

Répéter à partir de rien n'était pas chose aisée. Les Eberts ne connaissaient pas leur texte par cœur et tenaient leurs marionnettes d'une main et le script de l'autre. Et puis, il y avait le décor. Les toiles de fond étaient faciles à manipuler, une fois mises dans le bon ordre d'une scène à l'autre, mais *Fräulein* Becker avait la moitié du décor vertical de son côté et j'avais l'autre moitié. En plus des rideaux, je devais aussi m'occuper des lumières. Beaucoup de bleus pour les scènes de nuit et du jaune pour la lumière du jour. En jouant avec sa balle dorée, la princesse devait la faire tomber dans le puits. Elle devait la lancer en l'air et s'arranger pour qu'elle retombe bien dans le puits et pas à côté. Pour cela, Winny dut beaucoup s'entraîner. Ensuite, je devais me retrouver sous la scène pour mettre la balle dans la bouche de la grenouille. La main droite de la princesse était reliée à un fil faisant bouger son bras et une seconde ficelle, plus longue, reliait sa main à la balle dorée. Le fil de la balle passait par un petit trou qui la traversait de part en part. Lorsque je mettais la balle dans la bouche de la grenouille, il fallait que je l'y mette à moitié, sinon lorsque la grenouille apparaissait sur la margelle du puits et donnait un brusque coup de tête tout en ouvrant la bouche comme si elle lui lançait la balle, les ficelles se seraient emmêlées et Winny n'aurait pas pu reprendre la balle des mains de la princesse. Mais je travaillais dans le noir, uniquement par tâtonnement. Pourtant, ce n'était que l'une des difficultés de cette pièce, et comme dans les autres, il s'agissait d'un travail d'équipe et il fallut répéter et répéter encore. Je ne disposais que de quelques secondes après la scène de la balle, tandis que Fräulein Becker faisait résonner le tonnerre et allumait un projecteur sur le prince, maintenant debout et radieux à côté du puits. Cela signifiait que je devais avancer dans l'obscurité pour aller récupérer le prince sur son crochet et le mettre rapidement à sa place. C'était un personnage, au moins dans cette scène, dont j'étais responsable parce qu'Eberts devait manipuler la nourrice de la princesse qui surprenait le prince et la princesse seuls dans le parc. Et ainsi de suite, sans parler que je devais constamment souffler pendant les dialogues jusqu'à ce que les Eberts connaissent leur texte et se mettent d'accord sur les différentes voix des personnages. Il y avait beaucoup de discussions et parfois quelques disputes pour déterminer ce qui convenait le mieux à chaque personnage, mais ils finirent par trouver des solutions à tous les problèmes.

Lorsque ma mère revint, Annie repartit à Düsseldorf et Eberts vint seul à la villa prendre le café. Après ma première tasse, je dus m'éclipser. Je mourrais d'envie de savoir ce que ces deux-là se disaient et j'essayai d'écouter derrière les portes du salon, les plus proches de l'endroit où ils étaient assis. C'était essentiellement Eberts qui parlait de moi: mon talent, mon dévouement, ma compréhension des instructions, ma discipline. Il fit de moi un véritable «*wun-*

derkind[8]»! Lorsqu'on me rappela, ma mère était convaincue: elle avait accepté. Finalement, nous fîmes deux répétitions – une couturière et une générale, comme on dit au théâtre. Puis les journaux annoncèrent «notre première» un samedi, naturellement. Les Eberts avaient envoyé des invitations à leurs amis, dont de nombreux comédiens, mais également à ma mère et à Helen, que j'avais très peu vue ces derniers temps, à son père et à *Fräulein* Erna. Pour une fois, le théâtre fit salle comble. Comme la pièce se jouait en trois actes, le numéro de music-hall se limita à M. Kuno, à la danseuse au serpent et aux Dolly Sisters. En coulisses, nous avions un trac immense qui allait crescendo avec le brouhaha du public qui s'installait. Il y avait tellement de gens qui se connaissaient et se parlaient que nous savions que le théâtre était plein. Après le premier acte, la salle résonna d'un tonnerre applaudissements! Nous nous sentions moins nerveux. Tout se passa à merveille, et personne ne commit la moindre erreur. A la fin, le public applaudit à tout rompre, et Winny me prit par la main.

— Où allons-nous? demandai-je, surpris.

— Gros bêta, c'est la première, et nous allons saluer le public.

Elle sortit d'abord, et nous à la suite en nous tenant par la main: *Herr Direktor* et *Fräulein* Becker. Les lumières du théâtre étaient allumées et nous nous inclinâmes devant notre public. Dieter, le placeur, ressemblait à un marchand de fleurs ambulant, distribuant des bouquets aux uns et aux autres. Le public poussait des acclamations et des bravos. Dieter me remit un paquet dans la main, puis nous retournâmes en coulisses et il me serra dans ses bras. Mais ce n'était pas fini: il y avait une petite pièce qui nous séparait du grand théâtre, et le café y avait dressé un buffet avec des boissons, des gâteaux, et d'autres gourmandises pour les Eberts et leurs amis. Toutes les personnes qui avaient reçu une invitation étaient là. Maman était en pleurs mais cette fois-ci, c'étaient des pleurs de joie. Elle m'embrassa.

— C'était mignon, Peter, vraiment très mignon. Quand je pense que mon petit garçon a participé à tout ça! s'exclama-t-elle.

Helen m'embrassa sur la joue.

— Tu as beaucoup travaillé, je sais, mais quelle réussite, me chuchota-t-elle dans l'oreille.

Même M. Steiger paraissait impressionné. Je pense que pour la première fois, il me vit sous un autre angle. Le buffet se déroula dans une ambiance bruyante car tout le monde parlait en même temps. Ma tête bourdonnait de tous ces compliments. On aurait pu croire que c'était moi qui avais tout fait tout seul. M. Eberts prononça un court discours qui se termina par «Mais, sans notre petit Peter qui n'est plus si petit maintenant, nous n'aurions pas pu nous en sortir». Nouveau tonnerre d'applaudissements. Je devins rouge comme une tomate et me sentit très embarrassé.

— Ne mange pas trop de gâteau Peter, me dit ma mère. Ce soir, nous dînerons sur la grande terrasse en bas, rien que toi et moi. J'ai réservé une table près de la fenêtre pour nous.

Mme Eberts arriva accompagnée d'une très jolie jeune fille et de la mère de celle-ci. Il s'agissait de Mme Rester et de sa fille Dorothy.

— Dorothy est comédienne et mon élève. C'est moi qui la fait répéter, nous expliqua-t-elle. En ce moment, elles habitent dans l'hôtel où vous logiez auparavant.

Nous serrâmes la main de Mme Rester et Melle Dorothy prit mon visage brûlant dans ses mains froides.

— Voici donc notre jeune marionnettiste dont *Herr Direktor* m'a tant parlé, dit-elle en souriant.

Oh mon Dieu, qu'elle était belle, avec ses magnifiques yeux bleus et sa somptueuse chevelure blonde qui retombait en cascades sur ses épaules.

— Je joue également dans une pièce en ce moment, dans un conte de fées, dans le vieux théâtre de l'autre côté de la rue. Nous interprétons *Blanche Neige et les sept nains* demain.

Ensuite, elle se tourna vers ma mère elle ajouta:

— J'espère que vous pourrez venir me voir. Je vous laisserai des billets au guichet pour tous les deux.

Je regardai ma mère et fis «Oui» de la tête.

— Merci infiniment, mademoiselle Hester, lui dit Maman en lui serrant la main.

— N'oubliez pas de venir en coulisses, après.

Puis elle sourit et nous quitta dans un nuage de parfum enivrant.

— Eh bien, mon petit chevalier, tu commences bien tôt, exactement comme ton père, me dit ma mère avec un grand sourire.

Le cocktail touchait à sa fin. Je donnai mes fleurs à Winny. Dieter m'avait remis un paquet, mais qu'en avais-je fait? Oh, ma mère le tenait dans les mains. Nous dîmes au revoir et descendîmes jusqu'à la grande terrasse.

— Que cette Melle Rester est belle, commenta ma mère. C'est très aimable de sa part de nous inviter, demain.

— Maman, quel âge peut-elle avoir?

— Je dirais 18 ou 19 ans, peut-être.

— Maman, je crois que je suis amoureux.

— Malheureusement, elle est un peu trop âgée pour toi, mon garçon, dit-elle en riant.

La grande terrasse était très élégante, tout comme la clientèle qui la fréquentait. Quelques dames en robes longues portaient des fourrures coûteuses. La plupart des messieurs portaient des costumes sombres et certains même étaient en smoking. Ici, le menu proposait un vaste choix de mets différents. Le rationnement venait d'être introduit, et ma mère avait dépensé la plupart de nos tickets à l'hôtel, pour régler les déjeuners. Le soir, en général, nous avalions un sandwich à la maison. Les tickets n'étaient valables que dans la ville où on habitait mais pour les hommes d'affaires, il existait des tickets de voyage, acceptés partout en Allemagne et mon père nous en avait envoyé une enveloppe pleine. Ce soir-là, elle utilisa les tickets de voyage.

— Tu dois avoir très faim, Peter. Mange ce que tu veux, je vais même t'offrir un verre de vin avec l'autorisation de ton père. Oui, il m'a téléphoné aujourd'hui et t'embrasse très fort. La situation est très mauvaise, là-bas. Ils vivent pratiquement sous terre dans les abris, nuit après nuit. Bien sûr, ici, en regardant autour de toi, tu ne pourrais jamais deviner qu'il y a une guerre.

L'orchestre commença à jouer, et quelques couples se mirent à danser. Le dîner fut délicieux, le service parfait. Quelle journée excitante! De retour à la villa, j'ouvris le paquet.

— Il est arrivé ce matin par la poste, m'expliqua ma mère.

Je jetais le papier qui l'enveloppait.

— Regarde, il y a un mot avec!

Maman était aussi curieuse que moi.

Le colis et le mot m'avaient été envoyés par Annie: «Cher Peter, j'espère que ton spectacle a été un succès. Je t'envoie une vieille amie, légèrement abîmée malheureusement. Je voulais de te la donner le jour de Noël mais j'avais peur que ton père ne soit pas d'accord. On l'a retrouvée dans les décombres, après l'incendie. Affectueusement, Annie.»

Je déballai le paquet. C'était Helga, ma poupée de celluloïd, avec un gros trou dans la tête.

Le dimanche, ma mère m'accompagna à l'église. Ensuite, après avoir retiré nos billets, nous nous rendîmes à l'hôtel. En passant devant la table de Mme et Melle Rester, nous les remerciâmes de nouveau pour les invitations. Le vieux théâtre ressemblait à un écrin à bijoux. Elle nous avait donné des places au premier rang.

Melle Dorothy interprétait le rôle de Blanche Neige. Ses cheveux blonds avaient disparu, mais même avec une perruque noire, elle était belle à couper le souffle. Le spectacle fut un véritable enchantement. Au tomber de rideau, Melle Dorothy me fit un clin d'œil. C'était comme si j'étais un de ses camarades, et je me sentis rempli de fierté. Ma mère refusa d'aller en coulisses, soit parce qu'elle n'appartenait pas à ce monde, soit parce qu'elle était trop timide – je ne savais pas pourquoi.

— Vas-y, excuse-moi auprès d'elle. A tout à l'heure, à la maison, me dit-elle.

Je me rendis donc en coulisses et donnai mon nom au concierge. Celui-ci vérifia sa liste et m'indiqua une porte. Je traversai un petit couloir, l'escalier à ma droite, et trouvai la scène. La plupart des comédiens étaient encore là en train de discuter. Je sentis une nouvelle fois cette odeur particulière de fard de maquillage que j'avais déjà repérée en coulisses pour la représentation de *Hänsel et Gretel*. Dès que Melle Dorothy me vit, elle se dirigea vers moi les bras tendus.

— Peter, mon chou, tu es venu, me dit-elle.

J'excusai ma mère et elle ne fit aucun commentaire. Elle me présenta à diverses personnes comme un jeune ami qui avait connu sa première le jour précédent, au théâtre de marionnettes. La «méchante reine» était en fait une dame charmante. Les nains – tous des lilliputiens – étaient beaucoup plus petits que moi et avaient des visages de vieux. Melle Dorothy me fit visiter les lieux. Elle me montra le côté jardin qui donnait sur un petit escalier en spirales, en haut duquel se trouvait un grand projecteur.

— Lorsque tu reviendras, dit-elle, tu n'auras qu'à monter là-haut, sous le projecteur. Il y a un siège d'où tu pourras voir la scène et les coulisses. Attends-moi, je me change rapidement et ensuite, je t'emmène manger une glace dans un café où les artistes se retrouvent.

Quelques instants plus tard, la véritable Melle Dorothy apparut et nous quittâmes le théâtre, mais pas avant qu'elle ait dit à George, le concierge:

— Je te présente Peter. Il travaille avec les Eberts et c'est un ami. Alors, laisse-le entrer quand il viendra.

Le café se trouvait juste avant l'entrée de la vieille ville et possédait un petit jardin pour l'été. L'endroit était plutôt bondé et j'avais l'impression que tout le monde connaissait Melle Dorothy. Un homme l'interpella: «Hé Melle Dorothy, tes nains grandissent le jour!» Cela amusa les autres qui s'esclaffèrent. Pour toute réponse, Melle Dorothy lui tira la langue. Elle choisit une table seulement pour nous deux et commanda des glaces.

— Tu vois, Peter, nous appartenons tous au Théâtre de Frankfurt. Je ne suis là que pour deux mois, mais c'est merveilleux d'être loin de la grande ville.

Elle m'expliqua que son père avait été tué au combat et que maintenant, elle n'avait plus que sa mère.

— Naturellement, après trois semaines nous devrons quitter l'hôtel. Ma mère est déjà en train de chercher des chambres pour le reste de notre séjour. Je sors tout juste de l'école d'art dramatique et Blanche Neige est mon premier grand rôle.

Je lui dis combien j'admirais sa prestation, ce qui sembla lui faire très plaisir.

— Tu sais, Peter, cela me prendra un certain temps pour faire carrière mais j'ai au moins été acceptée au Théâtre de Frankfurt. D'accord, ce n'est pas encore Berlin mais qui sait, peut-être qu'un jour... poursuivit-elle.

— Et le cinéma, vous êtes tellement belle, mademoiselle Dorothy, dis-je. Elle leva ses grands yeux bleus au plafond.

— Oui, le cinéma. Mon rêve, évidemment. Mais je n'ai pas la moindre chance d'être repérée dans une ville aussi petite que Baden-Baden.

Je la raccompagnai à l'hôtel, et elle me prit par le bras. Mon Dieu, comme j'étais fier. Pour moi, c'était une star. Avec elle, je me sentais plus adulte et elle me parlait comme si j'étais l'un des leurs. Je la remerciai encore une fois pour la glace et les invitations. Elle me dit au revoir et pénétra dans l'hôtel.

Finalement, je me retrouvai dans la classe B avec *Fräulein* Dump. C'était une grosse vieille dame, d'une soixantaine d'années. A cause de son nom, elle fut immédiatement affublée du surnom de *Dumpfnudel,* du nom d'un délicieux dessert autrichien bien connu au-delà des frontières, et se composant d'une pâte divinement blanche accompagnée d'une crème à la vanille. Elle, naturellement, était tout le contraire. Grosse et vieille, elle possédait aussi une badine, tout comme la vieille bique, mais elle était beaucoup plus intelligente et je reste convaincu qu'elle vouait une passion à la musique. Régulièrement, elle jouait de la flûte et nous faisait chanter. Je dois dire qu'au moins, ce n'était pas des chansons hitlériennes. Néanmoins, elle n'arriva jamais à maîtriser son instrument même si elle s'y employait activement. Un beau jour, elle produisait tellement de fausses notes en soufflant dans sa flûte que je commençai à ricaner.

— Jaqulay, vous moquez-vous de moi? lança-t-elle.

Je me levai.

— Oui, madame Dump.

— Avancez.

Je dus tourner mes paumes vers le haut: à l'aide de sa badine en bambou, elle me frappa sur le bout des doigts des deux mains. Cela faisait tout aussi mal que des coups sur les fesses, mais au moins cela ne laissait aucune trace.

Naturellement, à partir de ce moment-là, je me mis à détester l'école mais ce n'était que le début... J'ai toujours été un élève moyen. Rien à signaler de particulier mais au moins, je n'ai jamais dû redoubler. Je ne me fis jamais d'amis parmi les élèves car ils étaient tout simplement trop différents de moi. Aucun d'eux n'habitait dans une villa ni ne prenait ses repas dans un hôtel mais d'une façon ou d'une autre, ils savaient tous où je vivais et où je déjeunais. Ils n'avaient jamais vu le théâtre de marionnettes ni un spectacle. Je ne faisais pas partie de leur cercle et je le savais. Et avec toutes mes activités, cela ne me dérangeait pas du tout.

Lorsque j'eus dix ans, je dus rejoindre les jeunesses hitlériennes et ma mère et moi achetâmes le costume ensemble avant que je ne parte pour mon premier entraînement officiel. Le chef ne devait pas être plus âgé que Melle Dorothy. C'était un garçon très beau, aux cheveux noirs et au regard bleu acier. Une fois, nous nous tenions tous en ligne et il demanda qui allait à la messe le dimanche. Je levai alors la main et il nota quelque chose dans un petit carnet noir. Après avoir effectué une série de demi-tours à gauche et à droite, nous jouâmes aux gendarmes et aux voleurs et, lorsque l'un d'entre nous en clouait un autre au sol, cela voulait dire que celui-ci avait perdu. Nous portions tous des culottes courtes en cuir mais lui ne portait aucun sous-vêtement et je pouvais voir ses grosses couilles et sa grosse bite. J'étais très excité. Malheureusement, l'entraînement avait lieu le dimanche – c'est-à-dire le même jour que le théâtre. Je suppliai ma mère de leur envoyer une lettre d'excuse pour des raisons de santé. Ma chère Maman y consentit. Je continuai donc à travailler au théâtre, mais au bout de trois semaines, un beau jeune homme se présenta à la villa, un morceau de papier à la main. Il m'informa que je devais me présenter pour accomplir mon devoir. Ma mère, naturellement, était contrariée.

— Je ne peux plus t'écrire de mots d'excuse, m'expliqua-t-elle.

J'en touchai quelques mots au chef, sachant que j'étais déjà inscrit dans son petit carnet noir.

— Eh bien, me répondit-il, maintenant nous allons faire la quête pour les pauvres en hiver.

Il me tendit une boîte ronde et rouge sur laquelle était peinte une croix gammée et m'ordonna:

— Va faire la quête. Si c'est toi qui rapportes le plus ce mois-ci, je t'exempterai de l'entraînement du dimanche.

Je lui adressai un sourire diabolique. Savait-il vraiment comme il était beau? J'en doutais et je me demandais aussi si j'arriverais à rapporter un seul mark. Dans mon uniforme, en entrant dans l'hôtel, je croisai M. Steiger.

— Ah, tu fais partie des jeunesses hitlériennes, maintenant. Une nouvelle étape dans ta vie. Félicitations.

Il me serra la main. Une fois Steiger parti, je me dirigeai tout droit vers M. Eberhard, le concierge.

— S'il vous plaît, monsieur Eberhard, j'ai une requête très bizarre à vous faire et s'il vous plaît aidez-moi, implorai-je.

— Monsieur Jaqulay, que voulez-vous donc? s'enquit-il, curieux.

J'étais donc devenu M. Jaqulay. Comme c'est intéressant, pensai-je.

— Il faut que je fasse la quête pour les pauvres en hiver. Pourriez-vous me rendre un service et ne laisser aucun autre garçon entrer pour la quête? Seulement moi?

— Bien sûr, monsieur Jaqulay, répondit-il en souriant. Vous avez grandi ici. Je mettrai les autres dehors.

— Merci beaucoup, monsieur Eberhard. Je vais gagner un temps fou.

Je lui serrai la main et M. Eberhard tint sa promesse. Malgré la réticence de Maman, je dus à compter de ce jour porter la chemise marron et la cravate noire maintenue par un lien de cuir. Les culottes courtes et les chaussures n'étaient pas obligatoires. Après tout, je n'étais qu'un *pimpf,* le rang le plus bas et le plus jeune des jeunesses hitlériennes. Ma mère s'asseyait pour déjeuner tous les jours en regardant par la fenêtre, évitant de me voir en train de faire la quête. Mais chaque jour, je passais de table en table. Je connaissais beaucoup de visages et naturellement, ils me reconnaissaient aussi. Je devais parler à ceux que je ne connaissais pas, mais lorsque je leur promettais de ne jamais revenir les déranger, ils ouvraient leur portefeuille. En fait, à l'hôtel, il n'y avait pas de petite monnaie, mais des billets allant de un mark à cinq marks. Toute l'opération me prit une heure et le déjeuner dut attendre jusqu'à ce que je revienne avec ma boîte rouge sur notre table. Face à l'agacement de ma mère, je lui expliquai le marché que j'avais conclu avec le chef. Elle comprit que les dimanches étaient sacrés pour moi, et elle me laissa faire. Lorsque nous revîmes mon séduisant chef, il arborait le même sourire diabolique sur son visage.

— Eh bien, *pimpf* Jaqulay, voyons voir ce que tu as récolté.

Il saisit la boîte rouge de mes mains et la secoua.

— Alors, grenouille de bénitier? Je n'entends rien tinter. Peut-être que tu me rends une boîte vide?

Il rompit le cachet et l'ouvrit quand même. Tous les billets s'échappèrent, des billets de un mark et de cinq marks. Son visage se figea et il commença à les compter: plus de 300 marks! J'étais très fier de moi parce que je savais que, dans la rue, les autres garçons ne pouvaient pas avoir amassé un tel butin.

— OK, tu as gagné.

Il écrivit ensuite quelque chose qui m'exempta de l'entraînement du dimanche.

— Peter, je ne sais pas comment tu as fait mais pour l'amour du *Führer,* tâche de recommencer, dit-il.

Je répondis sans sourire car je sentais instinctivement qu'il ne m'aimait pas parce que je n'étais pas aussi athlétique que lui.

— Oui, chef, répondis-je en me tenant au garde-à-vous.

Je ferai de mon mieux pour le *Führer*. — Relax, dit-il. Est-ce qu'on t'a jamais dit que tu avais de très beaux yeux? Sors d'ici! me hurla-t-il ensuite, tandis que je partais en courant.

Néanmoins, afin d'être certain que les dimanches étaient vraiment à moi, je fis la quête dans la salle à manger pendant trois mois, jour après jour, et je n'eus plus de problème avec les jeunesses hitlériennes de Baden-Baden. Ma mère me prit quand même en photo en uniforme, peut-être pour mon père, je ne le sus jamais.

Der Platterhof.

En haut de la colline, au-dessus de Berchtesgaden, se dressait un grand hôtel de style bavarois des plus élégants, décoré de sculptures et de tableaux exquis. Toutes ces antiquités appartenaient en fait à plusieurs musées et avaient été réquisitionnées par le *Führer* pour en meubler l'intérieur parce que son hôtel était sa «maison d'hôte», non loin de la sienne, *Berghof*.

Cependant, quelques privilégiés triés sur le volet pouvaient louer ces chambres. Le *Maître de Restaurant*[9] avait travaillé pour les Meyers à Düsseldorf. Par son intermédiaire, mon père nous avait loué deux chambres contiguës, pour deux semaines. Maman avait voulu absolument être à Düsseldorf afin de surveiller les réparations de la maison. Dieu seul savait pourquoi, la guerre était encore loin d'être terminée.

Ce séjour en tête-à-tête avec mon père était quelque chose de totalement nouveau pour moi, car c'était notre premier voyage ensemble. La vue sur les Alpes était à couper le souffle. C'était l'été, les prairies étaient tachetées de gentianes bleues et de pissenlits jaunes. L'air sentait l'herbe fraîchement coupée. De nos deux chambres, nous avions des vues spectaculaires sur les montagnes. Le style architectural bavarois était nouveau pour moi. J'adorais les maisons avec leurs balcons débordant de géraniums rouge vif. C'était une profusion de couleurs. Je n'avais jamais vu de maisons recouvertes de vastes peintures murales à l'extérieur. Les thèmes étaient principalement religieux, et cet art s'appelait *Flügelmalerei*. Les fenêtres, petites en réalité, paraissaient grandes à cause des encadrements peints tout autour sur les murs des bâtiments. De même, les montagnes, les vastes prairies et les maisons colorées, faisaient penser à un conte de fées. A cette époque, de nombreux Bavarois portaient encore le costume typique du pays, que je ne connaissais pas. Les femmes étaient habillées en *Dirndls*[10], les hommes en *Lederhosen*[11] qui leur arrivait aux genoux et ils étaient coiffés du grand *Gamsbart*[12], ce qui m'amusait énormément. La nourriture, c'est-à-dire la nourriture locale, était également différente. Je me souviens notamment de leurs *Knödel*[13] qui existaient sous différentes formes, tous aussi délicieux les uns que les autres et qui au cours de ma vie, sont devenus un de mes mets préférés.

Mon père, plutôt du genre social, se fit rapidement des amis à l'hôtel. Il y avait un couple de Berlin, un autre de Hambourg et un professeur célibataire, jeune et jovial. C'est lui que je préférais. Je pense que c'est sur la suggestion de mon père, qui savait que les mathématiques étaient mon point faible, qu'il m'enseigna quelques rudiments pendant nos nombreuses randonnées. Ce qu'il m'apprit me servit plus tard à l'école. Mais pourquoi tous ces gens des grandes villes habitués à être assis dans leurs voitures marchaient autant? Eh bien, ils voulaient voir le *Berghof,* et quel que soit le funiculaire et quelle que soit la direction que nous prenions, à cette époque, il était très bien camouflé. Beaucoup plus tard, je découvris qu'il était en fait près de Platterhof.

Le Nid d'aigle, la célèbre maison de thé de Hitler, toutefois, se voyait très bien, perché sur une montagne derrière l'hôtel.

On apercevait également la villa de Göring, un peu plus

loin et très souvent nous croisions Mme Göring et sa fille en train de se promener. Une nuit, une grande effervescence régna dans l'hôtel, car le *Führer* en personne devait arriver. A 9 heures du soir, il n'était toujours pas là et mon père m'envoya au lit. Le lendemain matin, il m'expliqua:

— Nous avons attendu jusqu'à minuit, pas de *Führer* en vue mais à la place six prostituées de Munich et un peu plus tard, Ciano arriva d'Italie.

Mon père était très déçu, je le voyais bien.

— Des prostituées? demandais-je. Que font-elles?

Je m'imaginais des femmes voilées de noir, en deuil. Mon père, tout à sa frustration, avait oublié qu'il parlait à son petit garçon. Curieusement, il laissa au professeur le soin de me mettre au courant, ce que ce dernier fit avec délectation. Ainsi, j'appris non seulement les mathématiques mais également ce qu'étaient les femmes de la nuit et quelques histoires sur le comte Ciano et ses

divertissements dans la «maison d'hôte» que Hitler mettait à sa disposition. Avant notre départ, des soldats avaient commencé à camoufler le Platterhof; les grandes terrasses en marbre blanc en premier, en les recouvrant de pelletées de graphite noir.

Quelques semaines plus tard, Hitler déclarait la guerre totale. Je ne savais pas encore ce que cela signifiait, mais je l'appris rapidement. L'hôtel ferma et Melle Dorothy et sa mère partirent. Les théâtres publics durent fermer aussi. Dieu merci, ils nous laissèrent en dehors de tout ça. Tous les hôtels furent transformés en hôpitaux de guerre. Le casino fut le premier établissement interdit, et Baden-Baden se vida très rapidement. Les parcs étaient laissés à l'abandon. Notre public diminua tant et si bien que les Eberts durent également renoncer. Ce fut un choc énorme pour moi lorsqu'ils téléphonèrent à Maman et qu'elle m'annonça la nouvelle. Nous nous revîmes une dernière fois et les Eberts m'offrirent un joli recueil de pièces pour marionnettes, ainsi qu'une photo de Winny et de *Herr Direktor* posant avec la danseuse au serpent. Jusqu'alors, je n'avais pas connu de moment plus triste de toute ma courte vie. Dire au revoir à toutes ces personnes qui avaient été si gentilles avec moi, aux marionnettes, etc. Eberts et Winny me firent cadeau de la marionnette balinaise, une figurine très gracieuse. Je l'aimais beaucoup mais j'aurais de beaucoup préféré l'une des marionnettes avec lesquelles j'avais jouées. Plus tard, j'appris que toutes les figurines leur étaient seulement confiées en dépôt et que par conséquent, ils ne pouvaient pas les donner. Inutile de dire que ce furent des adieux très déchirants. Un chapitre de mon enfance se refermait à tout jamais. Baden-Baden devint une ville morte. J'étais déchiré de voir que tout s'écroulait autour de moi.

Une nuit, à 3 heures du matin, mon père arriva. Il avait écouté la BBC de Londres, ce qui naturellement était interdit en Allemagne. Il venait d'apprendre que le débarquement des Alliés avait réussi et il voulait nous rapprocher de Düsseldorf, qui ne se trouvait qu'à une demi-heure de la frontière avec la France. Nous passâmes la nuit à faire nos bagages, que nous entassâmes dans sa petite Opel et sur la galerie: c'était une véritable aventure. Le lendemain matin, nous partîmes après avoir dit au revoir à M. Steiger et à Helen. J'embrassai Helen et lui promis de revenir. Des larmes roulaient le long des mes joues. Tout était si soudain pour moi. Un chapitre s'était définitivement refermé et maintenant qu'allait-il se passer? Nous conduisîmes de nuit, tous phares éteints, sur *l'Autobahn*[14]. Le voyage me sembla interminable et nous atteignîmes le Sauerland, qui se révéla aussi aigre que son nom l'indiquait[15]. Mon père avait loué deux chambres dans une auberge pour y attendre la fin de la guerre. Finalement, à l'aube nous arrivâmes dans un petit village misérable à environ une centaine de kilomètres de Düsseldorf. Cet endroit puait terriblement avec tout le fumier entassé devant les bâtisses. Nous nous arrêtâmes devant une maison entièrement recouverte d'ardoises et que je trouvais effrayante. C'était un bâtiment qui formait un angle et qui portait en enseigne une publicité pour une bière allemande quelconque. Naturellement, la lumière était éteinte et mon père sonna à la porte. M. Dick, notre nouveau logeur, nous ouvrit. Il avait entre 30 et 40 ans et je me demandais ce qui l'empêchait de remplir son devoir. Il me paraissait suffisamment en bonne santé, mais je découvris par la suite qu'il souffrait d'une hernie et qu'il avait les pieds plats. Mme Müller, une autre exilée involontaire, se tenait près de lui. M. Müller était soldat mais je ne mis pas longtemps à comprendre quelle était leur relation. Tout cela était d'un ennui mortel, sans parler de l'école.

Cette fois-ci, les filles et les garçons étaient dans la même classe. Je me distinguais dans ma tenue de Baden-Baden mais à ce moment-là, je m'en moquais éperdument. Tous les élèves étaient issus d'un milieu très pauvre et ils me paraissaient si laids, par rapport à Baden-Baden. Je détestai tellement l'endroit que je n'y suis jamais retourné. Mon seul plaisir fut une pièce de théâtre que l'école monta et devinez qui en était la vedette!

Les bombes se rapprochaient et l'une d'elles tomba sur une maison dans laquelle vivait une fillette de mon école avec sa famille. Tous moururent asphyxiés. Les enfants durent se rendre dans la maison des voisins pour voir les six corps reposant dans des cercueils ouverts. Pour moi, ce fut un cauchemar, et j'en ai rêvé pendant des années. Je suppose que c'était de la propagande visant à nous montrer la cruauté de l'ennemi. Une fille de ma classe venait également de Düsseldorf. Elle et moi et nos deux mères étions devenus amis et nous nous voyions très souvent. Elle s'appelait Béatrice, et c'était un vrai garçon manqué. Nous volions du tabac à M.

Dick et nous nous roulions des cigarettes que nous fumions en cachette au grenier. Enfin, mai arriva. Les fermiers et leurs aides allèrent travailler dans les champs. Les rues se vidèrent et partout régnait un silence paisible. Un jour comme celui-là, il était difficile de croire que nous étions en guerre et que les Alliés se rapprochaient de plus en plus. Deux jours avant, le village changea de rythme. Dans un tourbillon d'activités, les soldats allemands arrivèrent du front avec leurs armes et leurs chars. Puis ils repartirent et personne ne savait où. Peut-être étaient-ils encore dans les collines. On ne pouvait en être certain. Tout ce que nous savions, c'était que les Alliés approchaient. Le village attendait. La plupart des habitants étaient soulagés à l'idée que la guerre serait bientôt terminée pour eux. J'étais à l'école et ce fut après le déjeuner que notre institutrice nous renvoya chez nous sans aucune explication. Elle nous dit seulement:

— Rentrez chez vous le plus vite possible.

Elle n'avait vraiment pas à nous dire pourquoi: nous savions que c'était le jour J. Nerveux, tout en riant et en ricanant, nous sortîmes de l'école et descendîmes la colline, heureux que la classe se soit terminée si tôt ce jour-là. Une grande excitation régnait dans l'air.

Nous nourrissions de grands espoirs quant aux jours à venir. Les rumeurs les plus folles circulaient et annonçaient l'arrivée imminente des troupes. Ma mère m'attendait. L'auberge se composait d'une grande bâtisse donnant sur la rue principale, et deux arbres flanquaient l'escalier qui menait jusqu'à l'entrée. Ma mère avait peur: un ami lui avait téléphoné du village voisin pour l'informer que les troupes américaines venaient de passer. Dans une quinzaine de minutes, elles seraient à nos portes. Je regardais par la fenêtre. Il n'y avait plus aucun soldat allemand dans le village, et il n'y aurait donc pas de combat. C'était la seule consolation de ma mère. Tous les occupants de la maison étaient au bord de la crise de nerfs tellement ils avaient peur. L'aubergiste se précipita dans le salon et nous exhorta à descendre dans la cave. Je crois qu'il craignait que le premier char tire dans son auberge et la réduise à néant. Dans les rues, les villageois couraient se réfugier chez eux ou chez des parents. Certains vinrent à l'auberge parce que nous avions un abri sûr. Puis soudain, un silence de mort plana sur le village. C'était un silence terrifiant et l'atmosphère se chargea d'incertitude. Personne ne parlait. Seules les lèvres de quelques femmes remuaient et je devinai qu'elles priaient. L'abri était plongé dans l'obscurité. Par cette belle journée, seule une petite fenêtre donnant juste au niveau de la rue laissait passer quelques rayons de soleil. Je jetai un œil par celle-ci. Devant moi, s'étendait une rue désertée mais soudain, j'aperçus tout au bout, le premier char prendre lentement le virage et s'avancer droit vers nous. C'était un engin gigantesque, qui pointait son canon sur moi.

— Vois-tu quelque chose mon, chéri? demanda ma mère.

— Ils arrivent, Maman! Je vois le premier char, répondis-je.

Les autres essayèrent de prendre mon poste d'observation, mais je résistai et les repoussai.

— Si seulement Papa était avec nous... Oh mon Dieu! Que vont-ils nous faire? Jusqu'à présent, nous étions à l'abri des bombardements mais maintenant, nous allons être tués, c'est sûr, gémit-elle.

— Ils ne feront aucun mal aux femmes et aux enfants, mais ils vont certainement me tuer, moi, dit l'aubergiste.

Celui-ci s'était recroquevillé dans un coin, à genoux, le visage entre ses mains.

— Ils vont penser que je suis un soldat. Dites-leur que je n'ai jamais fait la guerre, que je suis un homme malade.

Je m'accroupis sous la fenêtre. Maintenant, j'entendais le bruit se rapprocher et j'osai regarder de nouveau. Le char était là, juste devant l'auberge. Il essaya vainement de tourner dans le virage et rentra dans l'un des arbres et dans l'escalier, qu'il écrasa sous son poids. Toute la maison trembla. La fenêtre vola en éclats, de la poussière et des débris tombèrent dans l'abri et remplirent mes poumons, ce qui me donna envie de tousser. Ma mère plaqua alors ses mains devant ma bouche afin qu'on ne m'entende pas de dehors. Les femmes crièrent et se réfugièrent au fond de l'abri.

— Chut, pas un bruit. Ils ne nous trouverons peut-être pas, intima l'aubergiste.

Le char fit marche arrière et s'immobilisa. J'entendais les voix étouffées des soldats. Des voix étranges. Une langue étrange. Ils sautèrent du char et pénétrèrent dans la maison en criant. Ma mère se tenait debout contre le mur, face à l'entrée, et moi devant elle. Personne n'osait bouger. Mon cœur battait si fort que j'avais l'impression que ma poitrine allait exploser. Puis nous entendîmes la porte de la cave s'ouvrir et le bruit des bottes descendant l'escalier. Il semblait y avoir cinq ou six hommes. Ils fouillèrent la cave puis la porte de l'abri s'ouvrit brusquement. Ils entrèrent en pointant leurs fusils directement sur ma mère et moi. Ils vérifièrent autour d'eux mais ne virent aucun soldat allemand, seulement notre groupe apeuré. Je pus lire sur leurs visages poussiéreux qu'ils étaient soulagés. Ils nous sourirent, même, et crièrent à l'attention de l'aubergiste: «Wine, wine!»

Cela, tout le monde le comprit, et la tension retomba. Mains en l'air, l'aubergiste monta, suivi de la femme de ménage qui faisait le même geste de reddition, et du reste du groupe. D'autres chars et des voitures passaient devant la maison. Le bar se remplit rapidement de soldats, des jeunes Américains grands et minces qui avaient tous très soif. Les fermiers sortirent de leurs maisons pour regarder le flot ininterrompu de chars et de voitures. Je me tenais debout sur ce qui restait de notre escalier et profitait du spectacle. Des soldats prenaient le soleil, allongés sur des *Steppdecken,* des édredons de couleurs vives qui, étendus sur un char, donnaient une touche comique à la situation. Ils lançaient du chocolat et des bonbons aux enfants et je me retrouvai bientôt par terre, en train de ramasser toutes ces gourmandises que nous n'avions pas mangées depuis des années. Après toutes ces heures d'angoisse, l'excitation était à son comble, tout le monde riait et s'amusait et l'ambiance générale rappela bientôt celle d'un joyeux carnaval. Finalement, la guerre s'était vite terminée pour nous. Nous découvrions tant de choses nouvelles et curieuses, comme le lait en poudre emballé dans des petits sachets en aluminium ou encore le chewing-gum. Bientôt, tous les enfants se mirent à mastiquer frénétiquement, et ma mère dit que je ressemblais à une vache en train de ruminer, compte tenu du mouvement incessant de mes mâchoires. Le vin devint une monnaie d'échange pour obtenir du café et du chocolat. Maman troqua une bonne bouteille de vin contre une savonnette et disparut immédiatement dans la salle de bains, où je l'entendis chantonner joyeusement tandis qu'elle se lavait avec la délicate mousse parfumée qui avait disparu des salles de bains allemandes depuis longtemps. L'auberge possédait une petite salle de bal, qui se trouvait dans un état de délabrement plutôt avancé puisqu'elle n'avait pas été utilisée pendant la guerre. Cela n'empêcha pas une vingtaine de soldats d'en faire leur chambre. La salle contenait un piano, et un jeune GI s'assit et se mit à jouer admirablement du Chopin et du Bach. Bientôt, tous les occupants de la maison se rapprochèrent pour l'écouter. Au bout d'un moment, comme je m'ennuyai, je m'éclipsai en catimini. En arrivant dans Parrière-cour, mon regard fut attiré par des plumes qui jonchaient le sol. Je me dirigeai donc vers l'enclos situé à l'extrémité de la cour, dans lequel nous élevions deux oies à cause du rationnement de viande. Comme on pouvait s'y attendre, je trouvai la porte grande ouverte et nos oies avaient disparu. Je repartis en courant vers la maison et avant d'entrer, j'entraperçus deux de ces chers volatiles suspendus à un char.

— Maman! m'écriai-je, ils ont volé nos oies!

Le piano s'arrêta net et le pianiste on ne peut plus mal à l'aise, le visage rouge comme une tomate, essaya de quitter la salle de bal discrètement. Connaissant l'amour des Allemands pour la musique, il nous avait tous attirés autour du piano pendant que ses copains s'occupaient de faire un sort à nos oies. Ma mère était très en colère et dit au jeune GI ce qu'elle en pensait. Heureusement qu'il ne comprenait pas l'allemand! Elle l'emmena alors pour lui montrer les oies, et elle tança ses complices. Toutefois, à l'intérieur d'un char, les équipements de cuisine, s'ils existent, sont relativement rudimentaires et ils aboutirent à un compromis: Maman préparerait le repas et offrirait encore un peu de vin, et les GI lui apporteraient du café, du lait et du savon. Finalement, nous allions tous festoyer et nous régaler des deux volatiles. Ce soir-là, je fus malade comme un chien. Autant de chocolats, de bonbons plus un bon repas: cela faisait trop pour moi, et ma mère finit par m'attraper et m'envoya au lit. Comme que je me déshabillai, je l'entendis parler et rire avec Mme Müller.

— Enfin, j'ai du mal à vous croire, dit ma mère.

— Eh bien, montez au grenier et constatez par vous-même, lui répondit Mme Müller. Ils sont suspendus en train de sécher, je les lui ai faits laver lui-même. Vous rendez-vous compte? Un homme grand et fort comme lui, paniquer à ce point?

— Mais que s'est-il passé? s'enquit ma mère.

En ricanant, Mme Müller expliqua:

— Il m'a dit qu'au moment où les soldats sont arrivés dans l'abri, il était persuadé qu'ils allaient le tuer. Quel lâche, cet aubergiste!

— Ça alors!

Tout en riant, ma mère s'excusa:

— Il faut que j'aille voir si mon fils s'est bien couché. Il a abusé des bonnes choses, aujourd'hui, tout comme à Noël, mais je l'ai laissé faire. Après tout, c'était un jour important pour nous tous. Je redescends tout de suite.

J'étais déjà couché, avec tous mes trésors empilés sur la table de chevet à côté de moi. Maman entra, m'embrassa et me souhaita une bonne nuit. Je m'endormis très rapidement.

James Russel était un immense Noir. Il venait de Brooklyn et combattait en Europe depuis l'invasion. Après cette longue journée, il était mort de fatigue et aspirait à aller dormir dans l'un des lits improvisés dans la salle de bal de l'auberge. Ce soir-là, James se sentait profondément déprimé. Un ami de longue date avait été tué au combat quelques jours auparavant, et il n'avait pas reçu de nouvelles de sa femme et de son petit garçon depuis deux. Bref, il n'était pas d'humeur à se joindre aux autres, et il commença donc à explorer la maison. En haut de l'étroit escalier, il visita d'abord une salle de bains à l'ancienne. Pas différente de chez moi, pensa-t-il, mais bien plus propre. Toutes les pièces qu'il inspecta étaient simples et propres. La dernière porte le conduisit dans un joli petit salon – le nôtre. Il alluma la lumière. La pièce n'était pas très grande, mais gaie et confortable. Face à la fenêtre, il y avait une autre pièce dont la porte était entr'ouverte. James regarda à l'intérieur. Il faisait sombre, et il trouva l'interrupteur à côté de la porte. J'avais dû m'endormir depuis une demi-heure et lorsque je me réveillai, la lumière était allumée et un GI noir se tenait debout, dans l'encadrement de la porte. Naturellement, je pris peur. Se réveiller et se retrouver nez à nez avec un soldat égaré en train de vous regarder fixement est terrifiant. Mais j'étais surtout impressionné par la couleur de sa peau et sa haute taille. Je voulais crier et je crois que c'est que je fis, mais aucun son ne sortit de ma bouche. Je saisis alors ma couverture et la remontai jusqu'au nez, sans le quitter des yeux. Je ne sais pas pourquoi, mais la couverture me donna un sentiment de sécurité. J'avais déjà entendu parler des Noirs auparavant, j'en avais vus en photos mais je n'en avais jamais rencontrés. J'étais alors complètement réveillé et au bout quelques instants, je me rendis compte combien il était mal à l'aise. Les adultes peuvent se sentir parfois très gênés face à un enfant qui a peur, en particulier lorsqu'ils savent qu'ils sont la cause de cette peur. Je me doutais qu'il était entré là par erreur, s'attendant évidemment à trouver une pièce vide. Je baissai un peu ma couverture. Le Noir me sourit et me dit quelque chose que je ne pouvais comprendre. Il porta sa grosse main au niveau de son cou en faisant semblant de se trancher la gorge avec un couteau. Il me demandait si j'avais peur qu'il me tue. Lentement, je fis oui de la tête. Il sourit à nouveau et secoua la tête en répétant doucement: «No, no». Il s'approcha, tout en souriant et peut-être qu'à cause de ce sourire bon enfant, je me sentis soudain tout à fait rassuré.

— James, dit-il.

Me montrant du doigt, je me présentai à mon tour:

— Peter.

Il me tendit sa grosse main noire et je remarquai qu'il portait une jolie bague en or, ornée d'une grosse pierre rouge. Nous nous serrâmes la main. Il s'assit sur mon lit et essaya de me parler, en faisant de grands gestes, de son petit garçon resté chez lui. Il mimait si bien ce qu'il me racontait et de manière si amusante que je ne pouvais m'empêcher de rire. Ses gros yeux tournés vers le plafond et ses mains unies comme pour une prière, il faisait toutes sortes de bruits guerriers, puis il coupa l'air d'un geste horizontal pour indiquer que lui aussi voulait que cette guerre de fous s'arrête. Soudain, il mit la main dans sa poche et en ressortit un fruit doré qui ressemblait à une pomme mais en beaucoup plus gros et plus rond. Il me le tendit. Lorsque je mordis dedans, il se mit à rire et me le reprit afin de me montrer comment le peler. Les quartiers de ce fruit étaient délicieux et très sucrés. J'appréciai beaucoup et le remerciai. Montrant le fruit, le Noir dit: «Orange». Ensuite, il mit sa main derrière son oreille pour me demander de répéter.

— Orange, dis-je, avant de manger ce qu'il restait.

Je lui demandai s'il faisait partie des soldats qui dormaient dans la maison, ce qu'il ne comprit pas, puisque je lui avais posé la question en allemand. Il me fallut beaucoup de gestes et de grimaces pour lui faire comprendre ma question. Quand il comprit enfin, il acquiesça de la tête. La conversation avait été très compliquée et nous éclatâmes de rire. Il portait toujours son fusil avec lui et je mourrais d'envie de le toucher, ne serait-ce qu'un instant. Je lui indiquai donc le fusil. Il se leva, croyant que j'avais encore peur de lui, mais je l'attrapai par la manche en lui disant «No, no». Je continuai en lui montrant le fusil du doigt, puis moi. Il secoua la tête mais je joignis mes mains en lui demandant de bien vouloir me prêter son arme pendant quelques instants. Il réfléchit un moment, puis vida le chargeur et me tendit son fusil après avoir posé les munitions sur la table de chevet. J'examinai l'arme en détails et fis semblant de tirer par la fenêtre, mais je devais mal m'y prendre. James vint alors s'asseoir à côté de moi et me montra comment caler la crosse contre mon épaule et viser. Nous étions tellement absorbés par ce que nous faisions que nous n'entendîmes pas ma mère entrer. Elle fit un pas vers le lit et s'immobilisa, blanche comme un linge. Terrifiée, elle nous regarda l'un et l'autre. Mon nouvel ami, surpris par son apparition, se redressa d'un bond, le fusil à la main. Face à face, ils paraissaient tous deux effrayés, et il dominait ma petite maman de toute sa hauteur. D'un seul coup, je trouvai la scène si comique que je ne pus m'empêcher de rire. Timidement, je le tirai par la manche en lui indiquant d'un air malicieux les munitions qui étaient restées sur la table de chevet.

— Ça va? s'inquiéta Maman. Il ne t'a pas fait de mal?

— Tout va bien, Maman. Ne te fais pas de souci, il est très gentil et il ne nous veut pas de mal, tentai-je de la rassurer.

Ma mère se détendit un peu et adressa un sourire plutôt forcé à ce géant noir qui se trouvait devant elle. James s'inclina légèrement.

— *Auf vie doer zane,* dit-il avec un accent approximatif et en tapotant ma joue. *Good little boy.*

Sur ces mots, il quitta la pièce et nous l'entendîmes descendre l'escalier. Ma mère se précipita dans le salon et ferma soigneusement la porte à clé derrière lui.

— C'est de ma faute, se lamenta-t-elle. Je n'aurais pas dû quitter la pièce avec tous ces soldats dans la maison.

— Mais, Maman, calme-toi. Je n'avais pas peur du tout, mentis-je. Et regarde ce qu'il m'a donné.

Triomphalement, je lui montrai une poignée de pelures d'orange.

— Tu n'as jamais rien goûté d'aussi bon, poursuivis-je. Ça s'appelle orange et ça pousse en Amérique.

Maman m'embrassa sur le front:

— Je sais, chéri, nous pouvions en acheter auparavant. C'est très bon pour la santé des petits garçons mais à cause de la guerre, tu n'en as jamais eu.

Elle avait les larmes aux yeux, et je ne compris pas bien pourquoi.

— Il te reste encore tellement de choses à découvrir mais un jour, qui sait, dès que la guerre sera réellement terminée, un nouveau monde s'ouvrira à toi. Tu iras peut-être même visiter les pays où poussent les oranges.

Après toute l'excitation de la journée, je me rendormis rapidement mais pour être réveillé une fois de plus par ma mère. Elle était en robe de chambre, un filet retenant ses cheveux, et j'en conclus qu'elle aussi s'était endormie. Beaucoup de bruit montait du rez-de-chaussée. J'entendais les soldats qui criaient dans la rue et les tirs des armes à feu.

— Dépêche-toi! dit-elle en me tirant du lit et en m'emmenant par la main pour me faire traverser le salon. Les soldats allemands ont dû revenir pendant la nuit, et il y a des combats dans les rues.

Nous dévalâmes l'escalier. Je n'avais jamais vu ma mère courir aussi vite. Les derniers soldats américains sortaient par la porte d'entrée. Nous descendîmes ensuite l'escalier de la cave pour nous réfugier dans l'abri. L'aubergiste, Mme Müller et plusieurs autres personnes s'y trouvaient déjà, offrant un tableau plutôt grotesque avec leurs robes de chambre les plus diverses. Nous nous regroupâmes tous sur un long banc, ignorant une fois de plus ce qui nous attendait. Avec la fenêtre cassée et le silence de la nuit, on entendait très clairement chaque pas, chaque cri ou détonation. Parfois, les combats se déroulaient tout près de la maison. Parfois, ils semblaient plus éloignés. Somnolent, je m'assis sur les genoux de ma mère et essayai de dormir. Une heure plus tard, les combats cessèrent. Usant de tout leur pouvoir de persuasion, les femmes réussirent non sans mal à convaincre l'aubergiste de monter voir ce qui se passait. Il finit par prendre son courage à deux mains et sortit. Il revint peu après, nous annonçant que les combats avaient cessé et que nous pouvions retourner nous coucher.

— Les Allemands ont quitté le village, ajouta-t-il.

En remontant dans le hall, je vis des soldats américains revenir. Soudain la porte s'ouvrit en grand et deux GI portant un soldat sur une civière de fortune entrèrent. Quelqu'un avait recouvert le corps d'une couverture et on ne pouvait voir que ses chaussures.

— L'un d'eux a été tué, chuchota l'aubergiste.

Le premier GI qui portait la civière trébucha alors et je vis une main noire dépasser de la couverture. Instantanément, je reconnus la grosse bague en or et sa pierre rouge.

— Maman, m'écriai-je, c'est James! Maman, ils l'ont tué!

Nous étions coupés du reste du monde. Pas de journaux, pas de télégrammes et pas de téléphone. Qu'était devenu Papa? Où était-il? Autant de questions que l'on se posait tous les jours et qui rendaient ma mère pratiquement folle.

Un mois plus tard, mon père arriva sans prévenir, pour nous ramener à la maison. Mon Dieu, comme nous étions heureux. Une fois encore, nous nous empressâmes de boucler nos bagages, tellement nous étions impatients de rentrer à la maison. J'avais alors onze ans, et j'étais prêt à retourner dans la grande ville et abandonner ce misérable village derrière moi.

Lorsque nous arrivâmes à la maison, nous fûmes accueillis par Annie, ainsi qu'une de ses cousines qui lui rendait visite. Nous avions tous beaucoup à faire pour remettre la maison en ordre le plus rapidement possible. Papa travaillait à l'usine. Lisa et Tante Ellie habitaient près de chez nous, et nous les voyions souvent. L'école n'avait pas encore repris et je m'occupai en fabriquant de nouvelles marionnettes et en construisant mon propre petit théâtre dans le grenier détruit par le feu. Lisa connaissait ma passion pour l'art dramatique et m'aidait souvent, en particulier lorsque j'eus maîtrisé la caméra de mon père et que je commençai à filmer mes numéros. Les tramways ne circulaient toujours pas, et mon vélo se révéla d'une grande utilité. Il n'y avait aucune raison de se rendre en ville: Düsseldorf était triste, détruite et ses habitants tentaient de dégager les décombres et de sauver les briques qui étaient encore entières.

Avec Klaus, qui habitait toujours de l'autre côté de la rue,

Lisa et moi ouvrîmes pendant quelque temps un petit théâtre dans lequel nous donnions des représentations pour les enfants du quartier. C'était bien mais la vie était devenue triste et difficile. La pénurie de nourriture fut la pire des choses. On ajusta des vieux vêtements de mon père à ma taille parce que je commençai à grandir assez vite.

Lorsque l'école reprit, nous fermâmes notre petit théâtre. Je me retrouvai une fois encore dans une classe mixte. La prière avait remplacé le *Heil Hitler* au début des cours. Notre institutrice, *Fräulein* Ruth, avait beaucoup d'humour et nous l'aimions beaucoup. Nous étions dix à souhaiter nous inscrire au lycée, *Gymnasium* en allemand. Après les heures de cours normales, elle nous préparait à l'examen et à partir de ce moment-là, il me fallut étudier tous les jours. Parfois, je prenais mon vélo et rendais visite à mon père, à l'usine. Il avait un beau bureau qui ressemblait davantage à un grand salon, et qui communiquait avec celui d'Oncle Joe. Le portier me connaissait ainsi que la secrétaire de mon père, qui avait un petit bureau devant celui de mon père. Je lui faisais un signe de la main et elle me répondait de la même façon. Ensuite, je frappais à la porte de mon père et il appuyait sur un bouton pour l'ouvrir. Lors de l'une de ces visites, mon père ouvrit lui-même la porte, tout en continuant à parler à quelqu'un. Une très belle femme était assise dans un fauteuil, élégamment vêtue et coiffée d'un grand chapeau.

— Gudrun, je te présente mon fils, Peter, lui dit-il.

Elle me sourit et me tendit la main. Je la lui serrai et m'inclinai.

— Tu sais, il a joué à Baden-Baden au théâtre de marionnettes. Il n'était qu'un petit garçon à l'époque, mais il va bientôt entrer au lycée, lui expliqua fièrement mon père.

Elle me souriait toujours. Je remarquai ses gants blancs, accessoires que je n'avais pas vu portés par une dame depuis

Baden-Baden. Ensuite, elle se leva et saisit son sac à main. Elle était aussi grande que mon père.

— Martin, je vous laisse tous les deux. Je t'appellerai plus tard, dit-elle à mon père. J'ai été ravie de faire enfin votre connaissance, Peter. J'avais déjà vu des photos de vous. A bientôt.

Et sur ces mots, elle partit.

— Mme Greff est une artiste, une amie de M. Glotz. Nous lui rendrons visite dimanche, me précisa mon père.

Les examens avaient lieu la semaine suivante et mon père ne cessa de me répéter combien il était important que je sois accepté. Sur le chemin du retour, je repensais à la beauté de Mme Greff. Je trouvai curieux qu'ils s'appellent par leurs prénoms et se tutoient, puis je n'y pensai plus jusqu'au dimanche suivant, quand nous rendîmes visite à M. Glotz. Lui aussi habitait dans une maison à moitié détruite par les bombardements. C'était une bâtisse victorienne située dans le centre ville et qui avait dû être magnifique à une époque. Il m'accueillit chaleureusement et fit venir sa domestique à qui il demanda du jus de pommes pour moi, et du Champagne pour ses hôtes. Elle nous servit dans le salon où attentait Mme Greff.

— Bonjour vous deux, dit-elle avec un sourire radieux. Ravie de vous revoir ici.

Nous trinquâmes tous à un avenir meilleur. M. Glotz possédait une magnifique collection de tableaux dont il faisait commerce. Je fis un tour pour aller les voir. Un peu plus tard, arrivèrent Mme Meyer et son mari, que je n'avais jamais rencontré.

— Peter, dit-elle en me serrant dans ses bras, comme tu as grandi. Je te présente mon mari, M. Meyer.

Nous nous serrâmes la main.

— Mon épouse m'a dit que vous étiez allé à l'école avec ma fille, dans le Sauerland.

Ils saluèrent ensuite chaleureusement Mme Greff. Fred Glotz aimait recevoir et faisait un hôte charmant. On m'offrit une assiette remplie de délicieux biscuits alors que nous n'avions pas encore déjeuné! Il était évident qu'ils se connaissaient tous très bien et j'apprendrais par la suite que mon père avait un vaste cercle d'amis parmi lequel il était très apprécié. Ils parlèrent de la période difficile qu'ils traversaient, Düsseldorf étant alors occupée par les Anglais. Mon père mourait d'envie d'aller à la pêche et à la chasse, ses deux passe-temps favoris, mais il était impossible d'obtenir un permis, et encore moins des armes à feu.

— J'ai rencontré un colonel britannique qui chasse, expliqua M. Meyer. Je vous le présenterai, M. Jaqulay, et peut-être qu'il pourra vous aider.

— Rien ne saurait me faire plus plaisir, répliqua mon père sur un ton enjoué.

Ils décidèrent de se retrouver chez nous la semaine suivante. Le déjeuner que Maman avait préparé était prêt lorsque nous rentrâmes à la maison. Après le déjeuner, Papa fit la sieste; il en faisait toujours une de deux heures, même en semaine.

Je parlai à ma mère de la maison, des tableaux et de l'hospitalité de M. Glotz. Je lui transmis aussi ses hommages et ceux des Meyer.

— Y avait-il une Mme Greff? me demanda-t-elle.

— Oh oui, la belle Mme Greff.

— L'avais-tu déjà rencontrée?

— Une fois seulement, rapidement au bureau de Papa.

— C'était une très bonne amie de M. Glotz, dit-elle d'un air songeur.

— Tout à fait, ils s'appellent par leurs prénoms et se tutoient, ajoutai-je.

— Tu veux dire, Fred Glotz et Mme Greff?

—   Oui, et Papa et Mme Greff aussi, précisai-je. Maman demeura un long moment silencieuse.

Mme Gudrun Greff incarnait la quintessence de la beauté selon Hitler. Elle était grande et mince, avec des jambes longues et fines, une épaisse chevelure blonde et de grands yeux bleu clair bordés de longs cils bruns. Elle était issue d'une famille allemande modeste, son père vendant du charbon à des particuliers. Elle avait épousé un photographe célèbre qui fut envoyé sur le front dès le début de la guerre en qualité de reporter de guerre. Bien que se connaissant depuis peu de temps, ils décidèrent alors de se marier, et ils ne se voyaient que lorsqu'il venait en permission. Il était originaire de Berlin, ville où ils s'étaient rencontrés. Deux années plus tard, il fut tué au combat. Gudrun était alors vendeuse dans une chapellerie de luxe pour hommes et femmes où se servait mon père, mais ils s'étaient rencontrés chez le marchand de tableaux Glotz, qui achetait également ses chapeaux au même endroit et à qui cette jeune veuve plaisait beaucoup. Glotz était célibataire, riche et grand coureur de jupons. Au fil des années, sa maison, où se trouvait aussi sa galerie, avait acquis une très mauvaise réputation, si bien que les mères de bonnes familles interdisaient à leurs filles de fréquenter ses soirées. Gros et chauve, Glotz n'était pas beau, mais il faisait un hôte très agréable et jovial. Il possédait également des pièces remplies de belles choses qui attiraient les filles, des bas en soie aux bijoux de pacotille. Il lui arrivait parfois d'inviter tout le corps de ballet féminin de *l'Operetta Théâtre*. Lors de soirées plus mondaines, il avait besoin d'une hôtesse, en plus de son cuisinier et de sa domestique. En certaines occasions, il avait demandé à Gudrun de tenir ce rôle, et elle avait accepté parce que chez lui, elle avait une chance de rencontrer des gens riches. En réalité, elle le détestait parce qu'il ne manquait jamais une occasion de lui faire une cour des plus empressées. C'est chez lui qu'elle rencontra mon père, qui tomba éperdument amoureux d'elle. Glotz, naturellement, le remarqua, et pendant quelque temps, les deux hommes cessèrent de se parler. Lorsque Glotz se rendit compte que mon père était sérieux, il finit par se calmer et ils se réconcilièrent tous. Gudrun avait alors quitté son travail et mon père lui louait un espace dans un magasin de vaisselle, où elle vendait des figurines de bronze, des cendriers et autres bibelots. Elle connaissait les artistes, mon père pouvait lui obtenir des métaux et en peu de temps, ses nouvelles activités «artistiques» remportèrent un franc succès. Mon père était amoureux et la couvrait de cadeaux onéreux. Il l'emmenait partout, mais leur lieu de prédilection restait la villa de M. Glotz et un élégant bar de nuit appelé «Bar Charlotte». Cela n'avait rien d'étonnant parce qu'Ena, la gérante, était la meilleure amie de Gudrun et que le propriétaire, M. Paul, chassait avec mon père. Rapidement, tout Düsseldorf sut que mon père avait une maîtresse. Certains messieurs regrettèrent vivement de devoir renoncer à sa galante compagnie, mais Gudrun n'était plus libre.

Le jour des examens, je me sentais à bout de nerfs. Je me rendis à vélo à la nouvelle école. La cour était remplie de garçons de mon âge. Je repérai Klaus, aussi anxieux que moi. Les lettres allant de A à Y étaient pendues à un fil et nous devions nous aligner devant l'initiale de notre nom de famille. Le professeur opéra quelques changements pour avoir douze garçons par file. La salle de classe était grande. Chaque candidat avait son propre bureau; impossible de tricher ici, pensai-je. Un professeur apparut et nous distribua des feuilles et un crayon.

— Maintenant, vous avez trente minutes pour écrire une histoire, par exemple sur vos dernières vacances ou sur votre famille ou sur ce que vous voulez. Mais l'histoire doit avoir une fin et compter trois pages minimum.

Les feuilles étaient grandes. Le professeur regarda sa montre et dit:

— Allezy!

Quelle histoire raconter? Je vis les autres penser à la même chose. Bon, il fallait se décider rapidement et je choisis l'histoire du gâteau de Noël raté.

— C'est terminé! nous informa soudain le professeur.

Heureusement, j'avais fini. Il ramassa les feuilles où nos noms étaient évidemment inscrits en haut à gauche. Un autre professeur arriva. Il se dirigea vers le tableau noir et y inscrivit rapidement quelques chiffres. Les mathématiques étaient mon point faible.

— Vous avez quinze minutes pour résoudre ce problème.

Il s'assit derrière le bureau. Je fis de mon mieux mais n'étais pas certain du résultat.

— C'est terminé!

Les copies furent de nouveau ramassées, et quelqu'un d'autre apparut, et nota une liste de noms de fleuves sur le tableau.

— Vous avez quinze minutes, nous annonça-t-il cette fois. Recopiez les noms des fleuves et indiquez le pays en face de chacun d'eux.

Certains se situaient en Allemagne, d'autres non. J'avais l'impression que le temps n'avançait pas. Il nous fallut ensuite rédiger un court essai sur un personnage historique, à l'exception d'Adolf Hitler et du IIIe Reich, naturellement. J'optai pour Marie-Antoinette. Je connaissais bien son histoire parce que j'avais lu un des livres de ma mère. Enfin, une éternité plus tard, nous pûmes partir. Les résultats nous seraient communiqués par notre institutrice, *Fräulein* Ruth, quelques jours plus tard. Quelques jours! Le suspense allait tous nous tuer. Je rentrai à la maison en pédalant aussi vite que je pouvais. Mon Dieu, que c'était bon de s'échapper de cette classe.

Au déjeuner, ma mère et mon père me demandèrent en même temps:

— As-tu réussi tes examens?

— Nous connaîtrons les résultats dans quelques jours, répondis-je, sentant qu'ils étaient aussi inquiets que moi.

— Eh bien, croisons les doigts, dit mon père.

Après le déjeuner, il fit sa sieste habituelle. Deux jours plus tard, à l'école, après les prières, *Fräulein* Ruth s'assit, l'air très sérieux, avec une pile de copies devant elle.

— Trois d'entre vous ont échoué, annonça-t-elle. Vous auriez pu entendre une mouche voler.

— Je vais vous lire les noms des candidats qui ont réussi.

Elle se mit à énoncer les noms tandis que je les comptai. Mon Dieu, elle en était arrivée au cinquième et ne m'avait toujours pas cité. Numéro 6, ce n'était pas moi. Ma gorge commença à se serrer. Numéro 7, Peter Jaqulay, évidemment! Elle me sourit malicieusement, et je compris qu'elle avait voulu s'amuse un petit peu en me citant en dernier.

— Au fait, Peter, l'amant de Marie-Antoinette était suédois et pas danois.

Fräulein Ruth avait voulu s'amuser un peu. Ensuite, nous explosâmes de joie. Elle était contente que sept de ses élèves aient réussi, et nous rentrâmes à la maison en criant à tue-tête:

— On a réussi! On a réussi!

Mes parents étaient très heureux, et mon père me donna cinquante marks. Ma mère téléphona à Tante Ellie, Oncle Joe et Lisa pour leur annoncer la bonne nouvelle. Le lendemain, un vendredi, *Fräulein* Ruth nous demanda de nous aligner tous les sept devant son bureau.

— Mes garçons, je suis très fière de vous. A partir de lundi, vous serez des *Sextaner* parce que votre première classe au lycée s'appelle *Sexta*. Travaillez sérieusement pour passer ensuite *Quinta*. Habituellement, tous les élèves y arrivent ou presque. C'est l'année pendant laquelle vous devez leur montrer que vous êtes capables de suivre une carrière universitaire.

Elle avait les yeux légèrement brillants en nous serrant la main pour nous dire au revoir. Ensuite, elle nous laissa partir.

A partir de ce moment-là, l'école m'accapara entièrement. Je m'adaptai rapidement mais j'avais beaucoup de travail. Six cours différents par jour, de quarante minutes chacun, avec un interclasse de quinze minutes. Je rentrai ensuite à la maison pour déjeuner et faire mes devoirs, qui me prenaient la plus grande partie de mes après-midi.

Comme j'étais très occupé, je ne remarquai pas le changement qui s'opéra dans les relations entre mes parents. Ma mère avait arrangé notre salle de séjour de l'étage en une salle à manger et salon, et elle avait transformé l'ancienne salle à manger en chambre pour elle. Au rez-de-chaussée, il y avait un grand salon, la chambre de papa, ma chambre, un petit hall d'entrée et une salle de bains. A l'étage se trouvait une cuisine, le nouveau salon/salle à manger, la chambre de ma mère et une autre salle de bains. Quant à Annie, elle dormait sous les toits où une petite chambre avait été aménagée pour elle parce que les autres pièces avaient été détruites. Nous vivions maintenant dans deux appartements séparés, mais dans une seule maison. Le changement s'était produit pendant que ma classe était partie en voyage à bicyclette en Rhénanie à l'occasion d'un week-end prolongé. Pensant sans doute que j'étais encore un petit garçon, on m'expliqua que les ronflements de mon père empêchaient ma mère de dormir. Ils continuaient pourtant à recevoir beaucoup à la maison et sortaient voir des amis. Une fois, je rencontrai le colonel anglais qui avait invité mon père à la chasse. Il lui donnait à chaque fois un fusil, qui était en fait celui de mon père, et il lui permettait de se joindre à ses parties de chasse. A la fin de la partie, Papa devait rendre le fusil au colonel Smith, mais celui-ci était un homme correct. Je suis persuadé qu'il avait contourné les règles pour pouvoir inviter un civil allemand. Par la suite, il donna également à mon père des lapins, des lièvres et un faisan ou deux, tous bienvenus à la maison. Néanmoins, même encore maintenant, je ne peux plus avaler de lapin, de lièvre ni de faisan. J'en avais eu plus que mon compte pendant ces années de vaches maigres qui ont suivi la guerre.

Une nuit, je dormais dans la chambre de ma mère, à l'étage, parce que la mienne était encombrée par les meubles que l'on avait retirés du salon afin de laisser davantage de place aux invités. Une fois les lumières éteintes, je l'entendis pleurer.

— Maman, dis-moi, que se passe-t-il? lui demandai-je dans le noir.

Il n'y avait qu'un faible rayon de lumière venant du lampadaire de la rue devant la maison. Elle eut du mal à maîtriser ses sanglots.

— C'est fini entre ton père et moi, dit-elle.

— Mais pourquoi? N'êtes-vous pas heureux de vous retrouver après tout ce temps?

— Je le pensais, mais il a une autre femme. Ils se sont rencontrés pendant la guerre, chez M. Glotz.

J'eus soudain la chair de poule. Je savais qui c'était.

— MmeGreff?

— Oui, Mme Gudrun Greff, qui a vingt-deux ans de moins que ton père et moi. Elle se remit à pleurer et je la pris dans mes bras.

— Maintenant que nous sommes rentrés, les choses vont peut-être changer. En plus, elle est mariée, tentai-je de consoler ma mère.

— Elle est veuve. Son mari a été tué sur le front. Ils n'ont été mariés que deux ans, ajouta-t-elle entre deux sanglots.

— Comment sais-tu si tout ceci est vrai? demandai-je, sachant instinctivement qu'elle avait raison.

— Oncle Joe l'a dit à Tante Ellie.

Eh oui, bien sûr, Oncle Joe était également à Düsseldorf pendant la guerre. Il savait tout. Je sentis une nouvelle émotion poindre en moi. Quelque chose d'inconnu. C'était désagréable mais c'était là et s'appelait la haine. Il était différent et difficile à maîtriser, et j'apprendrais plus tard qu'il était encore plus difficile à dissimuler. Mon caractère se transforma de manière considérable parce que la haine s'accompagne toujours de la triche, du mensonge et de la désobéissance, qui vous happent dans un engrenage sans fin. Je ne voyais mon père qu'au déjeuner, généralement rapide, chez nous. Comme je dormais au rez-de-chaussée et que j'avais le sommeil léger, je l'entendais souvent rentrer à la maison aux alentours de deux heures du matin. Un jour, on apprit que la mère de mon père était souffrante et qu'elle ne pouvait plus vivre seule. Je ne l'avais pas vue depuis des années. Elle habitait une petite ville située à quatre heures de route en voiture. Papa prit un camion de l'usine, et ramena sa mère ainsi que les maigres effets et le lit de celle-ci. Ma mère ne fut jamais consultée à ce sujet sauf sur le fait qu'Annie dut libérer sa chambre et dormir sur le sofa dans le salon/salle à manger de l'étage. La chambre fut repeinte pour Grandma. Maman installa des rideaux, un tapis et quelques fleurs sur le rebord de la fenêtre. Tout fut fait très rapidement. A son arrivée, la pièce sentait encore la peinture. Grandma avait soixante-quinze ans. J'étais son seul petit-fils bien qu'elle ait eu quatre fils. Deux avaient été tués pendant la première guerre mondiale. Peter, mon oncle, vivait en dehors de Düsseldorf mais c'était la brebis galeuse de la famille et personne n'en parlait pratiquement jamais. Il était marié mais n'avait pas d'enfant. Mon père était le plus jeune des quatre et avait brillamment réussi dans l'industrie avec Oncle Joe. Annie et ma mère prodiguèrent à Grandma des soins attentifs et elle se remit sur pied en une semaine. Elle était comme sur les photos récentes. Petite, 1,65 m seulement mais trop lourde pour sa taille. Ses cheveux étaient blancs et même plus bouclés que ceux de mon père ou les miens. En réalité, nous l'aidâmes tous joyeusement à aménager sa chambre, à l'exception de mon père. Grandma vida elle-même son dernier carton. Il devait y avoir au moins une quinzaine de photos de moi dans des cadres, qu'elle avait disposés partout dans la pièce.

— Maintenant que j'ai enfin l'original avec moi, je n'ai plus besoin d'elles, dit-elle. Mais j'y suis tellement habituée et puis, il est à moi mais vous voyez, Ada, ajouta-t-elle en se tournant vers ma mère. Sur celle-ci, il n'a qu'un mois, un vrai Jaqulay n'est-ce pas?

Sa chambre était située plein sud et donnait sur le jardin, ce qui l'intéressait davantage que la maison.

— Ada'chen (un diminutif qu'elle utilisait) lorsque je me sentirai un peu mieux, peut-être la semaine prochaine, cela vous ennuierait-il que je m'occupe un peu dans le jardin?

— Comme il vous plaira Grandma, répondit ma mère.

Elle l'appelait Grandma, comme moi, et cela ne la dérangeait pas du tout. Bien qu'elles ne se soient pas vues pendant la guerre, elles se connaissaient depuis de nombreuses années, depuis l'époque où Grandma habitait encore à Düsseldorf et tenait un bureau de tabac afin de nourrir ses quatre enfants. Son mari était mort à l'âge de trente-huit ans et mon père et ma mère se connaissaient depuis l'âge de douze ans. Ils venaient du même quartier, ainsi qu'Oncle Joe et Tante Ellie. En fait, c'était moi qui ne connaissais pas ma grand-mère. Tant qu'elle avait été malade, Annie lui avait monté ses repas mais comme on pouvait s'y attendre, une semaine plus tard, la vieille dame était dans le jardin et elle savait ce qu'elle faisait pour avoir vécu à la campagne pendant vingt ans. Grandma et ma mère s'entendaient très bien. Je sentais qu'elles s'appréciaient. Avec mon père, les relations étaient cordiales mais je ne décelai aucune affection. Un beau jour, elle demanda:

— Ada'chen, pouvez-vous téléphoner à Peter, s'il vous plaît? Je voudrais lui rendre visite et emmener Peter'chen avec moi.

Maman composa le numéro pour elle et ce fut Erna, la belle-fille de Grandma, qui répondit. Après un rapide «Bonjour, comment allez-vous?», Grandma demanda à parler à son fils. Elle parut soudain plus détendue, et plaisanta même avec mon oncle. Ils prirent rendez-vous le dimanche suivant et je devais faire partie du voyage.

— Ada'chen, Martin n'a pas besoin de savoir que nous lui rendons visite. D'ailleurs il n'est jamais là le dimanche, dit-elle en tapotant la joue de ma mère.

Ce dimanche-là, avant de partir, Grandma coupa quelques fleurs dans le jardin et me les donna.

— Pour Erna, me précisa-t-elle.

Nous prîmes le tram et un autre et encore un autre. Puis, après avoir marché un moment, j'aperçus une rangée étroite de maisons avec de petits jardins devant qui auraient eu besoin des talents de Grandma. En fait, c'était une vilaine rue bordée de vilaines maisons. On nous attendait pour prendre le café à quatre heures. Grandma sonna, et Erna mit un certain temps à venir nous ouvrir.

— Bonjour, vous êtes déjà là! C'est qu'il doit déjà être quatre heures, dit-elle en gloussant d'une voix forte et aiguë.

Je lui tendis les fleurs car je me tenais devant Grandma et lui serrai la main, comme Grandma. Nous entrâmes.

— Qu'avez-vous fait à vos cheveux Erna? Ils sont très rouges, dit Grandma, surprise.

— Oh, vous savez... répondit-elle évasivement en gloussant de nouveau.

Elle était rondelette et son visage était sympathique et rond, surmonté d'une tignasse rouge. Elle portait peut-être une robe mais le vêtement ressemblait davantage à un kimono court. Je remarquai que ses sous-vêtements étaient en satin noir et que ses chaussons avaient dû connaître des jours meilleurs. Dans un certain sens, elle était négligée.

— Je parie que tu ne me reconnais pas, Peter. Tu étais

si petit la dernière fois que je t'ai vu, dit-elle toujours en gloussant.

Je posai les fleurs sur la table.

— Entrez dans le salon, nous invita-t-elle. Ton oncle est trop impatient de te voir. Il m'a dit que tu vas bientôt avoir treize ans. Madame Jaqulay, Peter, je vous en prie, asseyez-vous sur le canapé. Je vais préparer le café.

Nous observâmes la pièce en désordre qu'ils appelaient le salon. Nos regards se croisèrent: nous pensions la même chose. Grandma prit son air sévère, les lèvres pincées. La porte latérale était ouverte et nous entendîmes des rires masculins.

— Non, laisse cette putain de porte ouverte. J'ai une autre blague pour vous mes chéris, lança la voix de mon oncle.

Grandma était assise, droite comme un «i», et elle me donna un coup de coude dans les côtes.

— Va fermer la porte immédiatement, m'ordonna-t-elle.

Je m'exécutai, mais j'eus le temps de voir mon oncle assis sur les toilettes, porte ouverte et deux jeunes hommes, de seize ans environ, attendant la blague suivante. Ils tenaient tous des bouteilles de bière à la main. Je venais de me rasseoir sur le canapé à côté de Grandma lorsqu'Erna réapparut.

— Quoi, Peter n'est pas encore là? demanda-t-elle.

Elle se dirigea vers la même porte que je venais de fermer et la referma rapidement derrière elle. Discrètement, je jetai un coup d'œil par les rideaux et vis les deux jeunes battre en retraite rapidement dans l'arrière-cour. Grandma n'avait pas dit un mot. La porte s'ouvrit et Oncle Peter entra tout en arrangeant sa cravate.

— Chère Maman, dit-il en la prenant dans ses bras et l'embrassant sur les deux joues. Te voilà enfin chez nous. Cela fait si longtemps que j'attendais ce moment.

Grandma prit sa tête dans ses mains. Des larmes coulaient

le long de son vieux visage, et elle embrassa son fils sur le front.

— Peter, mon fils, dit-elle simplement avant de se rasseoir.

— Et voilà mon neveu! s'exclama Peter. Mais c'est un très beau jeune homme.

Debout, il me prit dans ses bras et me colla un baiser mouillé sur la joue. Cela ne m'aurait pas gêné mais il empestait l'alcool.

— Un vrai Jaqulay, reprit-il en me tenant à bout de bras. Tu ressembles à Martin au même âge et tu as les cheveux bouclés de Grandma, dit-il en riant de bon cœur.

Je le trouvai sympathique, même s'il était légèrement éméché. Il était plus grand que nous tous et maigre comme un clou. Ses cheveux étaient raides; ses yeux, marron vert comme les miens, semblaient animés d'une lueur diabolique.

— Maman, excuse-nous, nous avons fait la fête hier soir et nous nous sommes couchés très tard, expliqua-t-il en usant de son charme pour amadouer Grandma qui, à ma surprise, se laissa prendre et se détendit. Une seconde, Maman. Erna, où est le gâteau? demanda-t-il ensuite à sa femme.

— Oh mon Dieu, j'ai complètement oublié! s'exclama-t-elle en gloussant de nouveau. Peter, c'est juste au coin de la rue mais je ne peux pas y aller dans cette tenue, reprit-elle.

— J'y vais, proposai-je. Nous sommes passés devant la boulangerie, je sais où elle se trouve.

— Quel amour, ce garçon, déclara Oncle Peter.

Si seulement il pouvait ne pas m'appeler comme cela...

— Attends une seconde, que je te donne l'argent.

Mais il fouilla dans les poches de son pantalon, retourna les deux doublures et dut reconnaître à contre-cœur:

— Désolé, mais ton oncle est encore sans le sou. Je vis alors Grandma chercher son porte-monnaie.

— Ce n'est pas grave, j'ai de l'argent, lançai-je en sortant de la maison en courant.

Voilà donc comment l'autre partie de la famille de mon père vivait. De toute évidence, il me restait encore des choses à apprendre. Comme nous étions quatre, j'achetai huit parts de gâteaux différents. Sur le chemin du retour, je vis les deux jeunes au coin de la rue, toujours avec leurs bouteilles de bière. L'un siffla et l'autre me fit un clin d'œil malicieux. Je fis semblant de ne rien remarquer. En arrivant à la maison, la mère et le fils étaient en grande conversation, et j'apportai les gâteaux à Erna dans la cuisine. Elle me tendit un plateau avec du lait et du sucre que je portai dans le salon. Les assiettes, les tasses, et les couverts se trouvaient déjà sur la table. Quand ils me virent, leur conversation s'arrêta. Erna apporta les gâteaux et alla chercher la cafetière.

— D'abord madame Jaqulay, dit-elle elle en s'adressa à Grandma tout en versant de l'eau chaude dans sa tasse.

Mon oncle se redressa d'un bond.

— Espèce d'idiote, tu as oublié le café! Donne-moi ça.

Il lui prit la cafetière des mains et se précipita, furieux, dans la cuisine. Erna, pour sa part, se laissa glisser dans une chaise et alluma une cigarette.

— Oh, ce n'est pas mon jour. J'ai dû boire trop de schnaps hier soir, dit-elle en regardant le plafond et en soufflant la fumée vers le haut.

Grandma ne la quittait pas des yeux. Je ne l'avais jamais vue aussi furieuse, et elle me rappelait Papa après l'incident du gâteau de Noël. Nous finîmes par avoir du café et des gâteaux et pas grand-chose à nous dire.

Après le café, Oncle Peter me proposa d'aller dans la cour, pour me montrer où il travaillait.

Derrière la maison, au fond de la cour, se trouvait un atelier. Nous y entrâmes, il alluma la lumière et là je découvris une grande machine exactement comme celles de notre usine. Oncle Peter la mit en marche et me montra comment il façonnait l'acier pour le transformer en cylindres. Dans un coin, une douzaine d'exemplaires étaient empilés, déjà polis sur les deux faces.

— Ceux-là vont partir à l'usine demain, m'expliqua-t-il.

Voilà un mystère résolu: Oncle Peter travaillait en sous-traitance pour mon père, et il était clair que la coûteuse machine appartenait également à celui-ci. La brebis galeuse avait été démasquée.

Ensuite, nous nous dîmes au revoir. Avant de tourner au coin de la rue, je vis Oncle Peter, qui se tenait devant la porte, sortir rapidement un mouchoir de la poche de son pantalon pour l'agiter et je lui répondis. Grandma ne parlait pas. Moi non plus. Dans le dernier tram qui nous ramena à la maison, elle dit:

— Peter'chen, promets-moi de ne pas raconter cette visite, ni à ton père, ni à ta mère.

Je promis. Le dimanche avait été très instructif.

Annie prenait tous ses repas avec nous. Elle n'était pas une domestique au sens habituel du terme, et nous la considérions davantage comme un membre de la famille qui aidait maman dans la maison. Nous avions aussi une femme de ménage, qui venait deux fois par semaine. Comme les relations entre Papa et Maman étaient souvent très tendues et qu'Annie savait ce qui se passait, elle accepta à la demande de Maman de prendre ses repas à la cuisine. Mais cela ne suffit pas à mon père. Un beau jour il dit:

— Annie, je veux que vous serviez le dîner de ma mère à l'étage. Les vieilles dames dégagent une odeur qui m'incommode. Par ailleurs, l'escalier la fatigue trop.

Nous restâmes tous deux abasourdis. Maman lui lança:

— C'est ta mère, et tu vas lui dire toi-même, espèce de lâche.

Mais Grandma, qui était sur le point d'entrer, avait tout entendu.

— Ce ne sera pas nécessaire, dit-elle en entrant. J'ai entendu, Martin. Si tu ne veux pas de moi à ta table, je mangerai là-haut. C'est ta maison, après tout.

Sur ces mots, elle tourna les talons et claqua la porte. Je l'entendis monter et éclatai en sanglots. Mon père jeta sa serviette par terre et abandonna son assiette encore pleine. Un véritable cauchemar. Je détestais mon père encore plus à cause de cette nouvelle preuve d'égoïsme. A compter de ce jour, Grandma ne prit plus aucun repas avec nous. Quant à ma mère, elle était à bout de nerfs, et il ne se passait pratiquement plus de journée sans qu'elle ne pleure ni de déjeuner sans qu'ils ne se crient dessus.

Ma Confirmation allait être un événement marquant, et on m'acheta pour l'occasion mon premier vrai costume pantalon, des chaussures noires, une chemise blanche et une cravate. J'étais très fier. L'examen religieux s'était bien passé. On me posa trois questions dont je connaissais les réponses. Des tantes et des oncles vinrent y assister, ainsi que des cousins, Oncle Joe et Tante Ellie, sans oublier Lisa. Papa avait tout organisé. Cela avait dû lui coûter énormément d'argent parce que tout provenait du marché noir. Pour moi, la journée fut gâchée parce que mon père était absent, et passait la journée en compagnie Mme Greff. A ce moment-là, tout le monde savait qu'il avait une maîtresse. Malheureusement, ce n'était pas un homme discret et on le voyait avec elle dans toute la ville. Peu de temps après la Confirmation, le *deutsche mark* fut créé. La situation économique du pays évolua rapidement, mais chez nous rien ne changea. Un beau jour, Grandma annonça qu'elle souhaitait se rendre au cimetière car la tombe de son deuxième fils allait être déplacée. Il s'appelait Carl. Il avait été gazé pendant la première guerre mondiale et reposait dans un cercueil étanche doté d'une vitre au niveau de son visage. Avant le transfert du cercueil, Grandma voulait revoir son fils une dernière fois. Elle nous proposa de l'accompagner mais personne n'en avait envie. Elle y alla donc seule.

— Exactement comme dans mon souvenir, dit-elle à son retour. Mon fils dort.

Je m'asseyais souvent avec Grandma. Elle racontait bien les histoires. Elle parlait même un peu français et m'en enseigna quelques rudiments. Après son arrivée à Düsseldorf, de nombreuses années auparavant et avant son mariage, elle avait travaillé au service d'une célèbre actrice franco-allemande et s'était occupé du théâtre de la ville. Mon grand-père était né en Belgique et tous ses ancêtres étaient français. C'est la raison pour laquelle je porte un nom français.

A l'automne, elle attrapa une pneumonie et ne s'en remit jamais. Je lui rendais visite plusieurs fois par jour. Souvent, elle appelait Peter – pas moi, mais son fils. Puis elle sombra dans le coma. Nous maintenions toutes les portes ouvertes afin de pouvoir entendre sa respiration difficile et soudain, on n'entendit plus rien. Je me précipitai à l'étage. Grandma était morte et je fermai doucement ses yeux. Ses funérailles furent simples. Oncle Peter vint sans Erna. Mon père était absent.

Ce jour-là, il faisait chaud. J'étais seul à la maison, en train de lire un roman sentimental qui appartenait à ma mère. Soudain, je me souvins de Casper, à l'hôpital de Baden-Baden. Je me déshabillai et m'examinai dans le miroir. Lentement, je laissai mes mains glisser sur mon corps. J'étais excité. Je m'allongeai sur mon lit et commençai à me masturber. Je dus attendre un peu avant de ressentir cette formidable sensation dont Casper m'avait parlée. C'était merveilleux et perturbant à la fois. Un peu plus tard, je recommençai. Fermant les yeux, je m'abandonnai à mes fantasmes. Je voyais Casper, mes camarades de classe et notre professeur de sports qui nous avait emmenés à la piscine pour y apprendre à nager et dont j'avais remarqué le gros renflement dans son maillot de bain. Je n'utilisais plus mon vélo pour aller à l'école mais j'avais une carte pour prendre le tram. La gare n'était guère éloignée de l'école. A l'heure du déjeuner, le tram était plus que bondé. Les passagers étaient serrés comme des sardines. A plusieurs reprises, je sentis la main d'un inconnu s'appuyer par hasard contre ma jambe ou avec encore plus de désinvolture se promener en direction de mon entrejambes. Je faisais toujours semblant de ne pas remarquer, mais c'était terriblement excitant et je me mettais toujours à bander immédiatement. De l'autre côté du quai, il y avait un grand kiosque à journaux et des toilettes publiques en dessous. Un beau jour, j'eus besoin d'y aller bien que je détestais l'odeur. Il n'y avait qu'un homme, debout à côté de moi, et qui commença à se caresser jusqu'à ce qu'il obtienne une énorme érection. Je regardai, fasciné, et me mis à bander également, ce qui sembla lui faire plaisir car il me sourit et m'adressa un clin d'œil. Je sortis rapidement et courus prendre le tram suivant. Je tremblai d'excitation et étais trop impatient de rentrer à la maison pour m'enfermer dans la salle de bains et me masturber.

Un beau soir, je crois que ma mère et Annie étaient allées au cinéma, et je pris le tram pour aller en ville, au kiosque à journaux. Je vis le même homme adossé à la grille, faisant semblant de lire un journal alors qu'en réalité, il guettait les hommes qui entraient dans les toilettes. Il me repéra, plia son journal et sourit. Ensuite, il marcha lentement vers un petit parc proche. Je le suivis à distance mais il savait que je le suivais. Il s'assit sur un banc, dans un coin très sombre. Je m'assis à côté de lui et ni l'un ni l'autre ne parla. Il ouvrit sa braguette et sortit son engin. Il prit ma main et je le touchai. Lentement, il fit bouger ma main. Il banda très rapidement et je masturbai sa grande bite jusqu'à ce qu'il jouisse. Puis, il ouvrit ma braguette, s'agenouilla entre mes jambes et commença à me faire une fellation. Je jouis en quelques secondes. Il se leva, me tapota joyeusement la tête avec son journal et disparut dans la nuit. Je rentrai à la maison avant la fin du film et fis semblant de dormir en entendant la porte d'entrée s'ouvrir.

Une fois la maison plongée dans le calme, je restai allongé et éveillé pendant un long moment. La tête me tournait. Cela avait été formidable mais dangereux aussi et c'était mal. On se racontait des blagues salaces en classe et évidemment, elles portaient toujours sur les filles. Cependant, nous ne parlions jamais de masturbation. J'aimais beaucoup les filles et elles m'aimaient bien mais elles n'éveillaient jamais en moi aucun désir sexuel. Tous mes fantasmes tournaient autour des hommes. Il y avait quelque chose de mal, je le savais. Il y avait quelque chose dont Casper ne m'avait pas parlé. Le lendemain, j'achetai le journal et trouvai une publicité pour un livre sur la sexualité. L'annonce promettait qu'il serait envoyé avec discrétion dans du papier d'emballage. Je découpai la publicité, le commandai et payai à la Poste. A cette époque, le courrier était distribué deux fois par jour. J'avais pris des risques, mais j'eus de la chance car il arriva quelques jours plus tard à la tournée de l'après-midi. Au début, il ne m'apprit rien de ce que je ne savais déjà mais vinrent ensuite les chapitres consacrés à la sexualité anormale. Tout y était écrit noir sur blanc et très précisément. Les symptômes étaient tous là: une mère très protectrice, un père toujours absent, peu d'enfants de mon âge avec qui jouer; plus intéressé par les choses féminines que masculines. Ce qui me fascinait, c'était l'homosexuel, presque un criminel, un paria de la société; quelqu'un de pervers, l'objet de blagues et de sobriquets horribles et le pire de tout, personne à qui parler, absolument personne. Si jamais quelqu'un l'apprenait, j'étais une honte vivante.

Je pris tout cela fort mal, perdis plusieurs kilos et devins pâle et affreux. Mes parents le remarquèrent et m'envoyèrent chez un médecin qui me prescrit ceci et cela. Je jetai le tout, car je savais que cela ne pouvait pas m'aider. A l'école, mes notes se mirent à chuter dangereusement. C'est alors que mon père eut une de ses brillantes idées qui le caractérisaient, et il me fit donner des cours de piano. Il acheta un monstre noir qui encombra ma chambre et que je me mis à détester. Naturellement, il me fallait le meilleur professeur, qui ferait de moi un virtuose en un an. Mon premier professeur fut une femme, une véritable musicienne de talent et même si mon père la payait bien, après un mois, elle déclara forfait et me confia à l'un de ses élèves.

M. Hernhard était beau gosse! Grand, jeune, avec de longs cheveux bruns – ce qui devait être le signe de reconnaissance d'un artiste. Ses yeux étaient grands et gris, tout comme son costume. Lorsqu'il s'assit à côté de moi, au piano, je devinais ses jambes viriles à travers son pantalon. Il était propre, sentait bon et était très sérieux et méthodique avec son petit élève. Je le trouvais merveilleux. Il avait peut-être 22 ou 23 ans. Il avait les mains d'un pianiste, énergiques, longues et bien manucurées. Après le cours, il fumait une cigarette pour se détendre, et parlait.

— Tu sais Peter, tu ne seras jamais musicien. Tu n'es pas doué pour cela.

— Je sais, je le fais pour faire à plaisir mon père. Noël approche et il faut que j'apprenne quelques morceaux. Cela lui fera très plaisir ainsi qu'à ma mère, dis-je.

Comme il était honnête, il proposa:

— Je dois gagner de l'argent pour finir le conservatoire. Je vais t'enseigner des chants de Noël mais ensuite, je pense que j'arrêterai de te donner des cours.

Pourtant, il continua à me donner des cours pendant encore deux années, mais pas à cause de mon oreille musicale!

J'étais plutôt doué pour le dessin et la peinture alors que je n'avais jamais pris de cours. A la fin de l'une de nos séances, pendant qu'il fumait sa cigarette, je lui montrai mon album, qu'il aimait bien. Je fis accidentellement tomber une page par terre et la récupérai entre ses jambes. En la remontant lentement, je touchai par inadvertance son entrejambes protubérant et me relevai entre ses jambes. Nos yeux se croisèrent, je voulus lui donner la feuille mais c'est moi qu'il saisit et il m'embrassa. Sa langue pénétra dans ma bouche et je réagis avec empressement. Il fit une courte pause.

— Tu ne seras jamais pianiste Peter, mais tu es mon plus bel élève, je t'adore.

Sur ces mots, il ouvrit sa braguette et une longue bite magnifique apparut qu'il commença à caresser. Je me retrouvai entre ses jambes et suçai cette délicieuse chose jusqu'à ce qu'il jouisse, tandis qu'il jouait *Liebestod*.

— Maintenant, c'est ton tour, me dit-il.

Mais, j'avais été tellement excité que j'avais déjà joui dans mon pantalon.

— La prochaine fois, Oskar, répondis-je, l'appelant par son prénom pour la première fois.

— Il n'y a pas de mots pour dire combien tu es charmant, ajouta-t-il en m'embrassant de nouveau. A la semaine prochaine. Je t'adore, mon coquin.

Il rit et partit. On m'adorait! C'était une nouvelle sensation, nouvelle et merveilleuse! Jusqu'alors, je n'avais jamais pensé à mon corps ni à mon visage. Mes parents m'avaient toujours bien habillé et j'aimais mes vêtements mais je n'avais jamais beaucoup pensé à mon physique. Les compliments adressés à mes parents sur leur adorable petit garçon me revinrent alors en mémoire. Cette nuit-là, entièrement nu, je me regardais sous toutes les coutures dans le miroir. «Oskar a raison, pensai-je, tu es un adorable coquin». J'examinai mon visage de près. J'avais des cheveux bouclés marron, abondants, des sourcils épais marron et des yeux verts, une petite bouche rouge, joliment dessinée, la lèvre inférieure un peu plus épaisse. Quant à la peau, un peu pâle peut-être, mais absolument sans aucun défaut. Un grand front. Ne disait-on pas que c'était un signe d'intelligence? Mon corps était encore trop frêle mais mes jambes étaient musclées, quoi qu'un peu trop longues, peut-être. Bon, mon pénis n'avait pas fini de grandir et je ne pouvais pas encore le décalotter comme Oskar ou l'homme du parc. Quant à mes fesses étaient bien là, fermes et rondes et pas trop grosses, comme deux boules de bowling. Je me demandai pourquoi ils tapotaient d'un air enjoué mon derrière. «Eh bien, pensai-je, avec un peu d'exercice, on va développer ces pectoraux!» Les mamelons pointaient. Le lendemain, Oskar osa téléphoner à la maison où j'étais seul. Aimerais-je venir le rejoindre à cinq heures dans son appartement? Oui, j'acceptai et j'y allai. Quel après-midi, quel corps, quel amant, quelle excitation...

Quand tout fut fini (Oskar me quitta soudainement sans explication), je me sentis seul. Je savais qu'il existait plusieurs options mais je n'en choisis aucune. Un beau jour, sans crier gare, un nouvel élève arriva dans notre classe. Il s'assit devant moi. Les autres élèves de la classe étaient curieux et moi le premier, naturellement. Le nouveau venait d'un village assez lointain mais ses parents vivaient près de Düsseldorf. Il s'appelait Olaf, avait mon âge, mais était gigantesque par rapport à moi. Tout d'abord, il m'intimida mais après avoir discuté avec lui à plusieurs reprises, je découvris que sa famille et la mienne se connaissaient pour des raisons professionnelles.

Âgé de seize ans, Olaf était très beau, avec ses cheveux marrons ses yeux noisette, ses pommettes saillantes et une silhouette d'athlète. Il devint rapidement un bon gardien de but pour notre équipe de football. Malheureusement pour moi, je devais jouer au football également alors que je détestais ce sport au plus haut point. Parler avec Olaf, en revanche, était quelque chose de complètement différent.

Il avait une voix douce et n'était pas du tout du genre brute, pour un gardien de but. Il était aussi extrêmement intelligent. Peut-être que ma famille avait plus de prestige à Düsseldorf que la sienne, mais néanmoins, j'avais l'impression qu'il préférait parler avec moi plutôt qu'avec les autres garçons. La classe, où j'avais de nombreux amis, le remarqua. Bon an mal an, c'était lui le nouveau, il fallait le mettre à l'épreuve, ce à quoi Olaf se prêta avec bravoure en jouant au football. Quelques semaines plus tard, il avait été accepté par les autres garçons.

La plupart du temps, nos discussions tournaient autour des affaires de sa famille ou de la mienne. Il savait que je n'éprouvais pas un grand intérêt pour le football, auquel je préférais les arts. Lui aussi s'intéressait aux arts en plus du sport. Nous prenions le même tram après l'école et faisions une partie du chemin ensemble. Il descendait avant moi.

Un beau jour, un camarade de classe que j'aimais beaucoup me demanda de but en blanc:

— Olaf et toi, vous avez l'air de bien vous entendre, non?

Je savais qu'il se faisait le porte-parole de toute la classe!

— Ça ne te regarde pas, répliquai-je. C'est un bon copain et c'est notre gardien de but.

Cela lui cloua le bec mais il y eut un incident bien précis.

Mon voisin de droite, Detlef, ne m'avait jamais aimé, et je lui rendais bien. Cela commença dès la *Sexta*, et il essayait toujours de se battre avec moi. Maintenant, l'amitié naturelle qui nous unissait, Olaf et moi, semblait le mettre hors de lui.

Un jour, je portais des chaussures de tennis blanches à l'école. A cette époque, c'était une nouveauté. Avant que le cours ne commence, Detlef les remarqua et se moqua de moi:

— Aux États-Unis, ils portent ces chaussures en permanence, lui rétorquai-je. D'un air méprisant, il me répondit alors:

— Nous ne sommes pas aux États-Unis.

Il avait plu. Il me poussa dans une flaque souillant complètement mes tennis blanches. La classe se moqua de moi. Je le frappai bien qu'il soit plus fort que moi. Il me cogna à son tour et en peu de temps, nous nous battions dans la flaque. C'est alors que, sorti de nulle part, arriva le grand Olaf, qui nous sépara et réduisit Detlef en bouillie – devant la classe – et devant tous les garçons. Detlef saignait et se précipita aux toilettes, tandis qu'Olaf leur criait à la cantonade:

— Que l'un d'entre vous touche à Peter, et je le tue!

Un silence de mort plana sur la cour jusqu'à l'heure de rentrer en classe. A partir de ce moment-là, il devint mon héros. Je remerciai Olaf plus tard, après m'être lavé. Detlef et moi arrivâmes en classe avec quelques minutes de retard! A cette époque, nous avions cours de 8 heures à midi, puis nous rentrions déjeuner à la maison (le repas principal en Allemagne) et nous faisions nos devoirs au moins jusqu'à quatre heures. Un jour, après la classe, Olaf me téléphona. Il voulait savoir si j'avais envie de l'accompagner au cinéma, voir Esther Williams dans *Le bal des sirènes*.

J'en tombai presque par terre. Si j'en avais envie? Avec ce beau mec, mon protecteur, évidemment que j'aimerais... Nous voilà donc partis! Olaf, qui connaissait les bonnes manières, nous avait acheté des places dans la loge, dans laquelle nous n'étions seuls. Un film américain, quel bonheur et Esther parlait couramment allemand. Quelle joie!

Je m'inscrivis, sans toujours participer activement, dans tous les clubs que fréquentait Olaf. Seul m'importait de passer du temps avec lui, et nous ne nous quittions pas.

Mais, et il y a toujours un «mais» dans la vie de tout un chacun, il ne me dit jamais qu'il m'aimait «moi».

105

Un hiver, pour les vacances, il partit skier en Bavière. Je partis avec ma mère, pensant à Olaf constamment. Lorsque nous nous retrouvâmes, un mardi, comme d'habitude, il me parla d'une jolie jeune fille dont il était tombé amoureux. Il continua, encore et encore. Je tombai de haut, de très haut. Était-ce terminé?

J'étais sous le choc: cette fille avait gagné. J'étais blessé, ma fierté en avait pris un coup. Nous nous connaissions depuis quatre ans, et il tombe amoureux d'une fille! Et moi, alors? Je t'aime Olaf, tu as été toute ma vie pendant quatre ans, qu'allais-je devenir?

— Olaf, sois heureux avec elle, dis-je en le prenant par le bras pour le raccompagner à la porte.

Je me sentais à bout de forces, vidé de l'intérieur. Je n'avais plus de goût à rien. Même mes parents remarquèrent mon changement de comportement, mais dans leur grande naïveté, ils n'auraient jamais pu deviner la raison pour laquelle leur fils semblait si malade et si détaché de tout.

— Pourquoi Olaf ne vient-il plus te voir? me demanda un jour ma mère. Vous êtes-vous disputés? Battus? Que s'est-il passé?

Elle voulait savoir.

— Maman, nous ne sommes plus des petits garçons, Olaf et moi. La proche camaraderie est terminée, il a rencontré une fille. Il n'a plus qu'elle en tête. Je n'ai plus aucune importance pour lui. D'accord?

— Ce sont des choses qui arrivent, mais ce n'est pas une raison pour mettre fin à une longue amitié, répondit-elle. Lorsque ton père m'a rencontrée, ou quand Oncle Joe a rencontré Tante Ellie, cela ne nous a pas empêches d'être les meilleurs amis du monde, tu sais, et même après notre mariage.

— Je sais tout cela, Maman, mais je n'ai pas de petite amie comme Olaf, et je me sens rejeté, mentis-je.

— Dans ce cas, le moment est venu d'en rencontrer une. Et le meilleur moyen, c'est de t'inscrire dans un cours de danse de salon. Tante Ellie m'en parle depuis un moment déjà. Tu devrais y aller avec Lisa. Tu rencontreras des jeunes filles là-bas, tu verras. Veux-tu que je m'en occupe?

A quoi bon? Elle ne comprendrait jamais mon problème, pas plus que Lisa. Et c'est ainsi que je fus inscrit dans le meilleur cours de danse de la ville.

Naturellement, notre réputation nous aida à être acceptés sans hésitation. Toutefois, tous les autres garçons avaient deux ans de plus que moi et Lisa s'était amplement épanouie. Mais compter les enfants d'industriels parmi ses élèves était une aubaine, et les König nous accueillirent les bras grands ouverts.

Les garçons devaient avoir pitié de moi, ou ils me trouvaient trop précieux, ou ils avaient tout simplement pitié de ce garçon maigrichon qui dansait tout le temps avec cette fille lourdaude. Quoi qu'il en soit, on nous laissa tranquilles et personne ne fit aucun commentaire désobligeant à notre égard. Pour être honnête, je dois reconnaître que nous nous entendions bien et je me décontractais.

Lisa dansait très bien. Elle était l'une des plus jolies filles du cours, et évidemment elle était la mieux habillée. En outre, elle apprenait vite. Dieu merci, Olaf n'était pas là, sinon je pense que je n'aurais pas pu continuer. En revanche, je retrouvai quelques filles que j'avais rencontrées dans les clubs. Cela les amusait beaucoup que Peter et Lisa soient inscrits dans le même cours qu'elles. Nous devions former un couple étrange, et à chaque fois que les jeunes filles devaient choisir leur cavalier, il y en avait toujours deux ou trois qui m'invitaient. Puppi, ma cavalière préférée et une excellente danseuse, me dit: «N'attrape pas la grosse tête parce que trois d'entre nous t'invitent à danser. En vérité, tu nous fais pitié à devoir danser avec cette grosse Lisa». Une consolation comme une autre... M. König, le professeur de danse, ressemblait à un gigolo du vieux Berlin à la retraite. Il enseignait aux filles. Sa femme, Carmelitta König, avait probablement dix ans de plus que lui et devait se plonger dans un pot de peinture avant chaque cours. Jamais, de ma vie, je n'avais vu un visage de femme aussi mal et outrageusement maquillé. Néanmoins, elle était mince et très gracieuse car par ailleurs, outre tous les pas de danse, de la valse au *paso doble*, elle nous enseignait également l'étiquette! Moi, je trouvais ses leçons désopilantes puisque j'avais grandi dans un hôtel, mais les autres avaient des choses à apprendre: comment faire asseoir une dame, que faire avec une serviette, comment croiser ses jambes, comment ne pas se recoiffer à table, etc.

Arriva enfin la date de notre premier bal, après six mois de cours. Il se déroula dans le «Salon doré» sur le Rhin. Bien entendu, les parents étaient invités pour voir ce que leur progéniture avait appris. Tout le monde était sur son trente et un, les garçons dans leur premier smoking, les filles en robes de soirée. Lisa portait une ravissante robe de taffetas noir, ses cheveux blonds relevés. On aurait dit une dame.

Naturellement, nous étions tous nerveux à l'idée de danser devant nos parents, mais la soirée se déroula très bien.

Six mois plus tard, ce fut le tour du bal de fin d'année. Cette fois, il y avait un concours, ce qui nous impressionnait terriblement, nous les élèves. Lisa, toutefois, décontractée et réaliste, savait que Puppi et moi formions un meilleur couple de danseurs. Comme nous fîmes partie des six couples finalistes, elle céda sa place de bon cœur. Puppi était habillée de taffetas bleu acier. Mince et beaucoup plus petite que moi, les proportions étaient les bonnes. Nous avions beaucoup répété, tous les deux, pendant des heures et des heures. Finalement, les six couples exécutèrent différentes danses. Malheureusement, Puppi oublia de me faire la révérence avant la valse, mais je sais que personne, auparavant, ne nous avait dit de le faire. Nous étions le couple le plus apprécié sur la piste, de la rumba au tango, mais à cause de cette erreur fatale au moment de la valse, nous ne remportâmes que le deuxième prix – ce qui était quand même mieux que pas de prix du tout! De nombreuses années plus tard, lorsque nous valsâmes lors des noces d'argent d'Olaf, elle me fit la révérence et je m'inclinai avant de l'entraîner avec moi. Personne d'autre ne le fit, évidemment. C'était seulement in clin d'œil en souvenir de ce moment que nous n'oublierions jamais.

Après le *Gymnasium* et les cours de danse, mon père m'informa qu'il avait décidé de m'embaucher à l'usine comme apprenti pendant un an, étant donné que la concurrence avait refusé de me prendre. Apparemment, mon avenir professionnel semblait déjà tout tracé: il avait décidé que son fils unique allait suivre ses traces et apprendre le métier de zéro, tout comme il l'avait fait lorsqu'il était jeune. Je commencerai en bas de l'échelle pour tout apprendre, j'épouserai ensuite Lisa et ainsi l'argent et l'usine ne sortiraient pas de la famille. Nous vivrions heureux et aurions beaucoup d'enfants et nos deux pères pourraient prendre leur retraite en paix. C'était aussi simple que cela.

J'avais dix-sept ans à l'époque, et j'étais attiré par l'art des costumes, ainsi que par la mise en scène, voire par le métier de comédien. Bref, j'aspirais à une carrière artistique et pas du tout à fabriquer des machines. «Regarde ton ami Olaf, dans quelque temps, il va reprendre l'affaire de son père» me répétait le mien.

Oui, Olaf allait le faire et il le souhaitait, mais pas moi. Toutefois, je dus obéir aux ordres paternels et je me retrouvai en bleus de travail, dans un hangar rempli de machines, en train d'usiner une pièce métallique avec mes mains aux doigts manucurés.

Je détestai tout: le bruit, les odeurs, la saleté et par-dessus tout lorsque mon père venait me regarder en train de me ridiculiser, en arborant un sourire diabolique. Mais j'appris à faire abstraction de tout. J'obéissais aux ordres, tandis que mon esprit vagabondait dans des directions totalement différentes.

Je déjeunais à la maison, sans me changer parce que je n'avais qu'une heure et qu'il fallait ensuite que je retourne à l'usine. Le mariage de mes parents n'était plus qu'un vague souvenir, à cette époque. Les déjeuners étaient tristes, ils se disputaient constamment et j'assistais à ce désolant spectacle en silence. Trois êtres malheureux à une même table – sauf peut-être mon père, qui courait retrouver Mme Greff. Mes camarades de travail me traitaient comme si j'avais la peste: j'étais le fils du patron, et donc l'espion infiltré parmi eux et chargé de faire un rapport à son père. Ils n'aimaient pas que je sois avec eux, ni moi non plus. Je changeais régulièrement de poste. C'était à chaque fois de nouvelles têtes, toujours de nouvelles machines auxquelles je devais m'habituer. Une fois, alors que je travaillais à la foreuse électrique, j'ai mal serré le foret à l'aide de la clé, dans la machine. En plaçant la pièce de fer dessous, le foret ripa et je me blessai assez gravement la main. Je criai et saignai beaucoup.

Ce type d'accident se produisait tous les jours dans les usines, mais voilà que d'un seul coup, j'eus dix personnes autour de moi, prêtes à m'aider. Inquiètes, elles m'emmenèrent à l'infirmerie et on me banda la main. Dès qu'il sut que l'accident n'était pas grave du tout, mon père prit cela à la légère.

La main bandée, je repris mon poste le lendemain, forant du mieux que je pouvais. La barrière entre les ouvriers et moi était désormais tombée, et peu à peu je devins l'un des leurs. Il m'avait seulement fallu six mois de souffrances pour en arriver là. Les choses changèrent rapidement. Je ne rentrais plus déjeuner à la maison, je ne perdais pas grand-chose de toutes façons, et je mangeais avec eux. J'apportais mon repas dans un *Henkelmann,* comme eux. Nous sympathisâmes rapidement. Ils comprirent que la concurrence n'avait pas voulu de moi et que je devais apprendre le métier à l'usine de mon père. Ils comprirent aussi que je n'étais pas là pour les espionner ni tout raconter au Patron. Arriva ensuite le moment des blagues salaces. J'en connaissais quelques-unes également, ce à quoi ils ne s'attendaient pas de la part du fils du Patron. Certains des jeunes ouvriers étaient très beaux. Leurs bras étaient musclés et plus leurs blagues étaient osées, et plus ils semblaient à l'étroit dans leurs bleus. J'avais mes deux préférés. De nos jours, on les verrait dans des magazines mais je devais faire très attention et inventer des histoires sur les filles avec qui je m'envoyais en l'air – des histoires dont ils raffolaient. J'avais beau détester les projets de mon père qui voulait faire de moi un ouvrier dans son usine, il était finalement agréable de sentir que le personnel m'avait complètement adopté. Nous nous tutoyions tous, et ils finiraient par accepter que Peter devienne un jour leur Patron.

Herta Noël était une femme d'une beauté éblouissante. Elle était chanteuse, dotée d'une jolie voix de contralto. Elle avait rencontré M. Glotz par l'intermédiaire de Mme Greff. Mais les temps étaient difficiles et elle n'avait aucun contrat à l'horizon. Elle devint donc la gouvernante de M. Glotz pendant quelque temps. Comme il ne faisait pas attention à ses affaires, elle lui vola une bague dans l'un de ses innombrables coffrets à bijoux qu'il gardait pour offrir à ses maîtresses, de temps à autre. Glotz ne porta pas plainte mais la renvoya. Mme Greff, que Glotz adorait, eut vent de l'histoire. Herta Noël lui avait emprunté une grosse somme d'argent. Mon père, qui n'en savait rien, l'engagea pour chanter et animer la soirée de ses cinquante ans. M. Glotz était un homme très malade. Il était soigné pour son cœur depuis longtemps. Il était obèse et buvait beaucoup trop. Mme Greff, qui savait combien mon père l'aimait, n'appréciait pas du tout les avances de Glotz, d'autant que mon père était bien plus riche que celui-ci. Avant la soirée à laquelle Mme Greff ne pouvait être conviée pour des raisons évidentes, elle téléphona à Herta et lui proposa de la rencontrer dans un salon de thé.

— Herta, tu sais combien Glotz est malade, et en plus il va aller à cette sacrée soirée chez les Jaqulay et tu y seras! Tu sais que Glotz déteste prendre ses médicaments, alors surveille-le et s'il ne se sent pas bien, verse cette poudre dans son verre.

Sur ces mots, elle lui remit un petit sachet qui ressemblait à ces sachets de sucre que l'on trouve dans les restaurants, et Herta lui promit de prendre soin de M. Glotz!

Un an après la naissance du *deutsche mark,* mon père fêta son cinquantième anniversaire. A cette occasion, on avait organisé une soirée privée dans notre maison, dans le grand salon. Pratiquement tous les meubles avaient été enlevés, à l'exception du canapé en forme de L et des chaises. On dut rajouter de nombreuses autres chaises, dont des chaises pliantes que l'on trouve dans les salles de bal. Les talentueux menuisiers de l'usine avait fabriqué une énorme table. Nous nous apprêtions à recevoir cinquante personnes. Ma chambre ressemblait à un entrepôt et cette nuit-là je dormis à l'étage, dans la chambre de ma mère. Dans le petit hall d'entrée, on avait disposé une table ronde et des chaises pour les artistes qui allaient jouer pendant la soirée. Papa avait voulu que ce soit une soirée entre hommes où ma mère serait la seule femme. La raison en était évidente, puisque Gudrun ne pouvait y assister. Les invités étaient tous des industriels de Düsseldorf, des amis du bowling, qui parfois étaient les mêmes que les industriels, et tous les cadres de l'usine. Naturellement, M. Glotz et quelques-uns de ses amis de la galerie d'art furent eux aussi de la fête. Tout le monde se connaissait, et les présentations furent superflues. Le personnel du Bar Charlotte, qui avait fourni les boissons et la nourriture, s'occupait de l'intendance. Il y avait également trois musiciens du Bar Charlotte: le chanteur principal, un ténor de l'Opéra, était un ami qui fit ensuite carrière à Bayreuth et au Met de New York; la chanteuse Herta Noël, tout aussi connue par cette assistance; et une autre artiste, plus jeune et plus jolie, qui venait de notre Théâtre public, et qui savait chanter et danser. Par la suite, elle devint également très connue aussi bien sur scène qu'à la télévision. Après un dîner interminable, les réjouissances purent commencer. La moitié de la table fut débarrassée et transformée en scène. Je dus annoncer les artistes et mon père tint absolument à ce que je présente un numéro avec mes plus belles marionnettes. Évidemment, personne ne manqua d'applaudir le fils de l'hôte. Cela me gêna terriblement que mon père me mette en avant de la sorte. Le ténor de l'Opéra fut la vedette de la soirée. Connu de tous, il interpréta de magnifiques arias ainsi que des chansons folkloriques. La jeune actrice se changea dans la salle de bains et réapparut en danseuse hawaïenne de *hula*, à la grande joie de tous ces hommes lubriques.

Ensuite, Herta Noël chanta aux invités de mon père des chansons populaires de l'époque. La soirée remporta un succès qui ne fut pas égalé les années suivantes. Les convives consommèrent une quantité astronomique d'alcool. Il y eut profusion de discours, de chants repris en chœur et de *schunkeln*[16].

M. Glotz était en train de bien s'amuser avec la danseuse de *hula* lorsque soudain il devint blanc, vomit sur la table et plongea la tête en avant. La jeune fille lui proposa un verre d'eau, qu'il refusa. Les serveurs nettoyèrent immédiatement. Peu d'invités avaient remarqué qu'il était malade, mais Herta Noël s'écria:

— Il doit faire une crise!

Elle fouilla dans son sac, saisit un verre d'eau et y versa le contenu du sachet. Elle souleva sa tête:

— Voilà mon cœur, maman prendra toujours soin de toi.

Glotz lui obéit et but lentement.

— Merci ma chère, marmonna-t-il.

Son visage reprit quelques couleurs et il sourit. Ses amis qui l'entouraient et qui avaient tout vu, éclatèrent de rire. «Encore saoul, comme d'habitude» pensèrent-ils tous.

Quelques minutes plus tard, Glotz s'effondra de nouveau. Cette fois, mon père s'inquiéta et alla téléphoner pour appeler une ambulance. Les deux filles réussirent à le traîner en dehors de la pièce enfumée, et mon père ouvrit la porte d'entrée. L'air frais semblait l'aider.

— Pardon, mon vieux, magnifique soirée et des infirmières tellement jolies, dit-il. L'ambulance arriva. Glotz fut mis sur une civière et transporté à l'hôpital. A son arrivée, il était mort.

Olaf fut mon meilleur ami pendant de longues années. Pendant longtemps, il ne sut jamais rien de mes penchants sexuels et ce ne fut que bien plus tard, une fois marié à une jolie femme, qu'il l'apprit. A ce moment-là, cela ne lui importait guère et à elle non plus. Nous sommes toujours de très bons amis.

Après avoir quitté le *Gymnasium,* il travailla dans l'usine de son père et moi dans celle du mien, mais nous ne nous sommes jamais perdus de vue. Parfois, je pense que même sa jolie épouse savait qu'il existait un lien très fort entre nous, lien que dans sa grande sagesse elle n'essaya jamais de briser!

Ensuite, on m'envoya en Angleterre! La guerre était terminée depuis neuf ans et j'en avais vingt. Comme on pouvait s'y attendre, ce fut une idée de mon père pour m'éloigner des jupes de ma mère. Grâce à ses relations dans le monde de la banque, il m'avait trouvé un poste non, rémunéré dans une banque suisse à Londres. Il m'envoyait donc de l'argent, mais même en 1954, Londres était nettement plus chère que Düsseldorf.

A l'époque où je travaillais à l'usine, j'avais pris des cours d'anglais avec une délicieuse vieille dame qui avait travaillé avant la guerre pour le *London Times,* et dont l'accent était nettement meilleur que celui de notre professeur du *Gymnasium.* Mon train devait quitter Düsseldorf à 14 heures. Ensuite, je voyagerais en train couchettes jusqu'à Ostende, puis en ferry et je prendrais enfin un autre train jusqu'à la gare de Victoria Station.

Mes amis de l'école de danse me firent la surprise de venir me chercher à la maison pour me conduire à la gare. Le trajet n'était pas long mais il fut très arrosé. Leur geste me toucha beaucoup, et je me rendis compte combien ils m'appréciaient et étaient sincèrement tristes de me voir partir.

Le train arrivait de Munich, mon voisin qui dormait sur la couchette inférieure ronflait. Je grimpai aussi doucement que possible.

A Ostende, le train embarqué sur le ferry. Finalement, je découvris les Falaises Blanches de Douvres, qui me rappelèrent le rocher de la Lorelei, sur le Rhin.

Je débarquai à Victoria Station à quatre heures et je dus trouver un porteur et un taxi. Bien entendu, personne, en Allemagne, ne m'avait averti que les Anglais parlaient avec des accents différents. Bon, je choisis un porteur, il trouva le taxi et y chargea mes affaires. Nous partîmes en direction de l'auberge de jeunesse de Tottenham Court Road conseillée par mon professeur d'anglais, puisque mon père ne s'était pas attardé sur ce genre de détails!

La chambre, de la taille d'un timbre-poste était peinte en

rouge, d'un rouge vif, y compris le plafond. Je n'ai rien contre cette couleur, certaines nuances peuvent être très jolies, mais là c'était trop.

Le lendemain matin, je fis la queue pour le petit-déjeuner. Quelle idée de manger *du porridge* avec des harengs fumés?! Assez! Dans un journal, je trouvai l'adresse d'une pension anglo-suisse à Devenshire Terrace. Je pris un taxi. L'endroit me plut, et la logeuse parlait un peu allemand. Je pris une chambre avec vue sur des rangées de vieux bâtiments en briques. Le chauffage coûtait un shilling qu'il fallait insérer dans un engin près de la cheminée, mais les murs étaient blancs – quel plaisir! La salle de bains et les toilettes se trouvaient au bout du couloir. J'y avais accès le vendredi, entre 18 et 19 heures. Oh, j'ai failli oublier, il y avait aussi un lavabo dans la chambre avec de l'eau froide, mais il n'y avait rien à dire, pour le prix!

J'avais trois jours de libre avant de commencer mon travail et je commençai par visiter un peu. Malheureusement, j'étais arrivé en novembre, en pleine période de *smog*. Je rencontrai beaucoup d'étrangers mais ne vis pas grand-chose de la ville et dus me replier sur des activités «d'intérieur». A l'angle de la rue, je remarquai un pub d'où sortaient des soûlards, les uns après les autres. Je ne pouvais pas savoir qu'ils fermaient à 23 heures et j'y entrai quand même. Ne connaissant pas les différentes tailles de bière, je montrai du doigt un petit verre. Jusque là tout allait bien. Je n'avais pas eu le temps de dire ouf, qu'on me parlait déjà. Cela aurait pu être du chinois mais je découvris que c'était du cockney, langue que ma charmante professeur avait omise de m'enseigner.

La serveuse aux cheveux platine me fut d'une grande aide. Elle m'indiqua l'adresse d'un bon bain turc, et me voilà parti pour les bains de Russel Square. J'eus l'impression que le taxi me fit traverser la moitié de Londres, mais je finis par y arriver.

L'ascenseur descendit au moins une dizaine d'étages. Pour commencer, je dus donner mes chaussures neuves, comme dans une mosquée. J'obtempérai prudemment, et reçus un jeton en échange. Je pénétrai ensuite dans un énorme édifice ressemblant à l'intérieur de l'abbaye de Westminster. Le personnel, devinant que j'étais un étranger, ou tout du moins une nouvelle tête, fut très coopératif. L'arrivée dans cet établissement n'avait rien de comparable avec l'arrivée à Victoria Station. Je trouvai rapidement le sauna, en me guidant à l'odeur. Les trois marches étaient recouvertes de marbre blanc. Encore du *smog*, pensai-je, mais cette fois-ci avec des gentlemen nus. Une fois que mes yeux s'habituèrent à la pénombre, je pus découvrir les autres clients. La plupart des hommes étaient vieux et gros. Je remarquai quelqu'un sur la troisième marche, contre le mur. Il était jeune, rasé de frais et musclé.

— Je vous en prie, asseyez-vous. Ce soir, je n'ai pas de chance avec toutes ces grosses vaches, dit-il.

Je m'assis, il avait un visage agréable et en outre, je comprenais son anglais!

Plus mes yeux s'habituaient à la vapeur, plus je le trouvai beau. Cheveux noirs, yeux marron et un corps irrésistible. Il était très jeune, et sa musculature montrait qu'il devait faire régulièrement de l'exercice. Il me sourit et j'admirai sa dentition éclatante. Je lui souris en retour et enlevai ma serviette. Il regarda, sembla apprécier ce qu'il voyait et écarta les jambes. Eh bien, c'est ce que j'attendais. Très lentement, sa tête se rapprocha de la mienne. Nous nous regardâmes dans les yeux.

— J'ai envie de t'embrasser, chuchota-t-il.

Je fis oui de la tête et nous nous embrassâmes. Tout d'abord, nos lèvres s'effleurèrent à peine. Très lentement, il mit son bras autour de moi, puis appuya ses lèvres plus fort contre les miennes jusqu'à ce que nous nous embrassions réellement. Naturellement, nos pénis étaient en érection.

— Pas ici, dit-il. J'ai une chambre. Suis-moi, si tu veux.

Nous nous levâmes en même temps.

— On se retrouve à l'entrée, ajouta-t-il.

Je me rhabillai à toute vitesse et pris l'ascenseur pour remonter. Il m'attendait dans son uniforme de marin bleu foncé, son membre pointant dans son pantalon.

Je hélai un taxi. Il vivait également dans une pension, non loin de la mienne. Nous nous déshabillâmes en quelques secondes. Il insista pour avoir des relations sexuelles anales, ce qui était nouveau pour moi. Il était très doux, savait s'y prendre, et je n'y voyais aucun inconvénient. Nous passâmes une nuit d'amour merveilleuse. A 6 heures du matin, il était réveillé.

— Michael, dis-je, j'ai aussi une chambre, on se retrouve à une heure près de la Serpentine dans le parc?

— Oui, mon chéri, répondit-il d'une voix endormie.

Sans qu'il s'en rende compte, je glissai un billet de dix livres dans sa vareuse de marin. Je n'aurais pas dû le faire, même si je n'avais pas de mauvaise intention. Les marins perçoivent une solde et il a dû se sentir insulté, puisqu'il ne me rejoignit jamais à la Serpentine. Après tout, c'est lui qui m'avait fait des avances en premier dans le bain turc. Par conséquent, j'étais son «mec» et n'étais pas supposé le payer.

Lorsqu'on est un jeune homme qui vit à Londres avec un budget serré, on apprend vite que les taxis sont bien trop chers et qu'il vaut mieux comprendre comment fonctionne le métro. Le métro londonien est très simple et merveilleusement efficace. Pour se rendre dans la City, je ne prenais qu'une seule ligne, sans changement. C'était facile comme bonjour, de Queensway à Bank.

Je commençai mon pseudo travail un lundi matin et me présentai à la banque à 8 heures 50. C'était un immeuble gigantesque, complètement fermé. A 9 heures 10, quelqu'un ouvrit les portes. Je portais un costume de flanelle gris foncé, une chemise blanche et des chaussures noires, et j'arborais une cravate rouge très foncé. De nouveau, le *smog* flottait sur la ville. Peu à peu, les employés entraient dans l'immeuble par petits groupes. Je demandai où se trouvait le bureau du directeur. Un homme, corpulent mais jovial, me souhaita la bienvenue. A l'aide du téléphone interne, il fit venir un autre homme qui me conduisit dans le bureau où je devais commencer. En traversant le hall principal, je remarquai que le *smog* avait réussi à entrer. On ne voyait pratiquement rien d'un côté à l'autre. Le bureau se trouvait au deuxième étage. Il s'agissait du service Crédit commercial. Le chef de ce bureau était un autre gentleman corpulent et jovial. On m'installa derrière un grand bureau, face à deux femmes. L'une était très jolie et l'autre beaucoup moins. Elle était assise en face de moi avec ses cheveux poil de carotte et ses lunettes aux verres épais, et elle n'avait pas lésiné sur le maquillage. Nous nous présentâmes l'un à l'autre et elle me sourit gentiment:

— Je m'appelle mademoiselle Darling[17].

Comme je m'en rendis compte par la suite, elle portait bien son nom et m'aida énormément dans mon travail. Je savais taper, mais avec deux doigts seulement et j'étais supposé écrire les lettres de créance en suivant ses instructions. La machine à écrire devait dater des années 1900. J'étais tellement mal à l'aise à cause de mon mauvais anglais que je n'osai pas parler pendant des jours. Les filles discutaient tout en tapant à la machine. Le lendemain, mon chef m'expliqua que seuls les costumes bleu marine étaient acceptés, et qu'il me fallait renoncer à la flanelle grise. J'étais encore plus ennuyé. Je téléphonai à mon père afin qu'il m'envoie de l'argent pour un nouveau costume. A en croire tous les coups d'œil approbateurs qui saluèrent ma nouvelle tenue, j'en conclus que j'avais marqué un point.

Melle Darling était charmante. Un jour, je rencontrai sur un mot que je ne connaissais pas. Le bureau était relativement silencieux lorsque je lui demandai:

— Pourriez-vous me dire ce que signifie *benificiary*?

Rayonnant de joie à l'idée de pouvoir m'aider parce qu'elle avait appris l'allemand en Suisse, elle traduisit en ce qu'elle pensait être du haut allemand:

— Monsieur Jaqulay, *doos is der Begünstigte.*

Pendant une seconde, il régna un silence de mort dans le bureau, puis les rires et les applaudissements fusèrent. J'étais déconcerté lorsque le chef déclara: «Bon sang, il sait parler anglais». La glace était rompue et mes inhibitions disparues. A compter de ce jour, tout se passa pour le mieux. Peu importait le nombre d'erreurs que je commettais, je parlais. Et comme les Anglais sont des gens très polis, que Dieu les bénisse, ils ne riaient jamais lorsque je massacrais leur langue.

Melle Darling s'était prise d'affection pour moi et essayait vraiment de m'aider. Un vendredi, elle me demanda:

— Monsieur Jaqulay, mes parents vivent à la campagne, pas très loin de Londres. Pourquoi ne viendriez-vous pas passer le week-end avec nous? Nous serions ravis de vous avoir.

Je déclinai avec grand regret, parce que ma fiancée allemande venait à Londres pour la fin de la semaine.

— Oh, j'en suis ravie pour vous, répondit-elle sur un ton glacial.

Au moins, elle avait essayé, et bien qu'elle ne m'adressât plus la parole de la journée, le lundi suivant, elle s'en était remise!

Même si je n'étais pas payé, j'avais droit à des tickets déjeuner dans un certain «Restaurant». Cet endroit se situait au même niveau que le métro, et il était donc très bruyant. On y servait tous les jours une soupe appelée «Brown Windsor». Le lundi, c'était de l'eau. Le vendredi, on aurait dit du pudding, dans lequel vous pouviez planter votre cuiller sans qu'elle ne tombe. En prévision de mes 21 ans, j'avais fait quelques économies. Ma partenaire préférée des cours de danse de Düsseldorf était à Londres et je l'invitai à un dîner dansant au Café de Paris. Le repas fut délicieux, nous dansâmes beaucoup et mangeâmes souvent froid parce que nous étions sur la piste de danse. J'avais commandé une bouteille de Champagne français, que nous dégustâmes très lentement car nous n'avions pas d'argent pour en acheter une autre.

La moitié de la bouteille était vide. Nous étions sur la piste de danse, très élégants, lorsqu'à minuit l'orchestre s'arrêta. Ce fut l'heure de l'hymne national. Les couples se séparèrent, s'immobilisèrent pour écouter puis se précipitèrent au vestiaire avant de disparaître. Que faire, sinon partir? Dommage pour la demie bouteille de Champagne!

Le lendemain, à la banque, un gentleman plutôt «dandy» me prit à part.

— Hier soir, j'étais au Café de Paris, au premier rang. Je vous ai vu danser avec une très jolie fille. Je ne m'attendais pas à vous voir là, à boire du Champagne! Votre père doit avoir les moyens.

Lorsque j'eus terminé mon travail à la banque, j'invitai mes deux collègues à déjeuner au Pimms. Finie la soupe «Windsor». Elles étaient sidérées et ravies. Nous commandâmes des huîtres, du Champagne, du rôti de bœuf, du *Yorkshire pudding,* du *trifle*[18], etc. et nous nous passâmes un très bon moment. En souvenir de mon premier séjour à Londres, elles m'avaient acheté la colonne Trafalgar avec Nelson au sommet, en plastique argenté!

Entre temps, en Allemagne, après le décès de M. Glotz, (pour arrêt cardiaque), mon père racheta la propriété et l'ensemble des biens de son ami à la sœur de celui-ci, qui arriva de Californie. Il nomma immédiatement Gudrun directrice de la nouvelle-ancienne galerie. Elle se révéla une femme d'affaires très efficace et grâce aux relations de mon père, la galerie prospéra rapidement. Elle était en plein essor lorsque je revins d'Angleterre. Il embaucha une employée comme comptable et vendeuse, qui avait été fort riche et qui avait dû fuir l'occupation russe et se réfugier à l'Ouest. Elle avait tout laissé derrière elle, sauf ses bijoux qui tenaient tous dans un grand sac à main en crocodile. Elle n'avait pas non plus oublié son manteau de zibeline qu'elle portait en hiver pour aller travailler et que lui enviait Gudrun.

Elle me dit une fois:

— Monsieur Jaqulay, n'achetez jamais de marguerites, mais toujours des orchidées, ne l'oubliez pas.

Et je ne l'ai jamais oublié.

J'allais devenir international car maintenant, mon père avait décidé de m'envoyer en France, et plus précisément à Paris. Naturellement, j'étais aux anges, d'autant plus qu'il m'avait acheté une voiture neuve gris métallisé qui était à la mode cette année-là.

Ma pauvre maman, bien entendu, n'était pas d'accord. Elle souffrait déjà de la liaison de mon père avec Gudrun, sans parler du fait que maintenant cette dernière gérait une galerie payée par son propre mari. Toutefois, personne ne parlait de divorce. La nuit précédant mon départ, mon père me fit la leçon sur les prostituées françaises et les homosexuels. Je fis semblant d'écouter attentivement. Mon pauvre Papa, s'il savait!

Nous étions au mois de juin et j'étais en route pour Paris. Cette fois, mon budget était plus conséquent et je devais travailler chez l'un de ses représentants qui vendait entre autres nos produits hydrauliques. Encore une fois, rien n'avait été prévu pour me loger, mais il était hors de question que je renouvelle l'expérience de l'auberge de jeunesse ou de la pension miteuse. J'avais réuni énormément d'informations sur Paris et j'avais choisi un hôtel rive gauche, donnant sur la Place Saint-Michel. Il n'y avait pas d'autoroutes à cette époque et le voyage via Bruxelles jusqu'en France fut un véritable enchantement. J'avais réservé ma chambre par téléphone et elle correspondait exactement à ce que j'espérais. Haut perchée, au-dessus des arbres, ma chambre donnait à gauche sur le boulevard Saint-Michel et à droite directement sur la Seine.

Pour ma première nuit, j'allai au Bœuf sur le Toit, puis dans un bar pour homosexuels. Au piano, il y avait un très beau chanteur qui me dévora des yeux. Pendant l'entracte, il s'assit à côté de moi et m'offrit même un Coca Cola. Il parla sans s'arrêter avant de découvrir que mon français était pratiquement inexistant. Heureusement, il parlait anglais. Yves était l'artiste parisien typique en pleine ascension. Avec ses cheveux noir de jais et ses beaux yeux bleus, il aurait pu être irlandais. Sa voix était faite pour chanter, ce qu'il faisait avec énormément de charme. Il n'interprétait que des chansons récentes et paillardes et n'essayait d'imiter aucune vedette du moment. Il louait un appartement à Neuilly et c'est là que je le raccompagnai. Yves était si bien doté par la nature, qu'il nous fallut un peu de temps avant qu'il ait une érection. Il avait également une protectrice qui était divorcée, probablement assez aisée, et qui tenait son propre magasin de chapeaux pour dames. Je ne sus jamais s'ils étaient amants, mais après une semaine orageuse avec moi, cela n'avait plus d'importance parce que je rencontrai un autre homme. Mon travail était très fastidieux, à cause de mes lacunes en français. Je restai assis derrière une machine à calculer. Au bout d'une semaine, je suggérai au représentant de mon père que je pourrais travailler de 9 heures à midi et qu'ensuite je pourrais suivre des cours de français à l'Alliance française, boulevard Raspail. Il accepta car après tout, il n'avait pas à me verser de salaire. Les cours commençaient à 15 heures, de sorte que j'avais trois heures de libre. Il faisait très beau cet été-là et je passai ces trois heures à la piscine Deligny, une piscine flottante très bien aménagée, amarrée au bord de la Seine, près du boulevard Saint-Germain. Dans mon nouveau maillot de bain blanc, j'étalai ma grande serviette à côté d'une serviette rouge encore plus grande, sur laquelle il n'y avait personne. Apparemment, ses occupants devaient se changer, se baigner ou bien déjeuner. Quelque temps plus tard, deux hommes sortirent de la piscine et vinrent s'asseoir à côté de moi. Le plus âgé devait avoir une cinquantaine d'années bien tassée, l'autre une vingtaine d'années. Derrière mes lunettes de soleil, je les observai à la dérobée. Pour mieux les espionner, je m'allongeai sur le ventre.

Le plus âgé s'endormit presque aussitôt, une fois allongé sur la serviette. Le plus jeune faisait semblant de lire un journal, et me jetait un coup d'œil de temps à autre. Il avait les cheveux blonds et un superbe corps bronzé. Lorsqu'il retira ses lunettes, je vis ses yeux bleus. Il me sourit, et je lui souris en retour, en abaissant mes lunettes.

— A tout hasard, serais-tu de Cleveland? me demanda-t-il.

— Non, répondis-je, en me retenant pour ne pas rire. Je viens d'Allemagne.

Pensant que n'importe quel sujet permettrait d'engager la conversation, je lui demandai à mon tour:

— Et toi, d'où viens-tu?

— Je suis américain, annonça-il, avec une pointe de fierté dans la voix.

Cet été-là, Paris grouillait d'Américains, et le dollar tout-puissant leur permettait d'acheter pratiquement tout ce qu'ils voulaient.

— Je travaille ici dans un spectacle. Je suis chanteur, ajouta-t-il.

— J'essaye d'apprendre le français, répliquai-je en regardant ma montre. Du reste, je vais devoir bientôt partir pour aller à l'Alliance française.

— Je m'appelle Fred, dit-il en me tendant la main.

— Et moi Peter.

Et nous nous serrâmes la main. Il me donna le nom du club dans lequel il travaillait.

— C'est près de la Place Pigalle, précisa-t-il. J'aimerais beaucoup te revoir, Peter. Es-tu libre demain soir? C'est le 14 juillet.

Regardant l'autre homme, je lui chuchotai:

— C'est ton petit copain?

— Inutile de chuchoter, il ne parle que français, expliqua-t-il avant d'ajouter: ce n'est pas mon petit copain. Nous travaillons juste dans le même spectacle.

Oui, j'avais envie de revoir Fred.

— D'accord, alors, à demain soir au *Fiacre*, dis-je. Tu connais?

— Bien évidemment, répondit-il. J'arriverai tard, car mon dernier numéro se termine à 2 heures.

Avant qu'Yves et moi ne nous séparions, il m'avait loué son petit appartement de Neuilly. C'était beaucoup moins cher que l'hôtel et comme il voulait passer l'été à Cannes, il avait besoin d'argent pour le voyage. Il expliqua la situation au concierge et lui régla trois mois d'avance. C'était un immeuble moderne, très propre, et équipé d'un ascenseur. J'étais très heureux d'avoir mon propre appartement, même petit.

Le jour où je rencontrai Fred, je ne pus me concentrer pendant les cours et attendais avec impatience qu'ils se terminent. Je remontai les Champs-Elysées en voiture jusqu'à l'Étoile, en direction de Neuilly. Après une longue sieste, je décidai de trouver le club dans lequel Fred travaillait et de voir le spectacle.

Il a toujours été difficile de se garer dans Paris. Je finis par trouver une place à Pigalle. Tous ces néons et tous ces clubs donnaient l'impression qu'il faisait jour même en pleine nuit. J'interrogeai plusieurs portiers ou videurs et trouvai *La Nouvelle Eve*. La photo de Fred était en devanture; j'y étais. Au guichet, j'achetai un billet pour le Bar, qui me donnait droit à une coupe de Champagne. Lorsque j'entrai, le spectacle avait commencé mais quelle élégance, quel éclat! D'un seul coup on en prenait plein les yeux. La grande salle était en cercle, tout comme la scène, qui était éclairée par dessous. L'orchestre se trouvait à gauche de la scène et les tables étaient disposées tout autour, sur deux niveaux. Du bar, j'avais une belle vue d'ensemble. L'air était chargé des divers parfums des femmes. Beaucoup d'hommes étaient en smoking mais dans mon costume bleu marine, je me sentais très à l'aise. Une fille vint au bar et je lui achetai un album souvenir dans lequel Fred Douglas était cité. Puis il apparut, très élégant en pantalon noir, spencer blanc et noeud papillon noir. Sa superbe voix remplit la salle. A gauche et à droite de la scène, des escaliers apparurent et des danseuses en descendirent, légères comme des nuages, toutes habillées de mousseline de soie bleu ciel et coiffées d'énormes chapeaux de la même couleur, ornés de plumes d'autruche. Sur le programme, on pouvait lire «Tous les costumes sont signés Pierre Balmain».

C'était une revue à vous couper le souffle. Les danseuses se plaçaient tout autour de la scène, mettant en avant leur poitrine nue, ce qui, à l'époque, n'était possible qu'à Paris. Mais moi, je n'avais d'yeux que pour Fred.

Cette nuit-là je ne vis pas le spectacle en entier car je vidai rapidement mon verre et que je n'avais pas les moyens de m'en offrir un second.

Je connaissais un petit bar homosexuel à l'atmosphère intime, vers le Faubourg Saint-Honoré, qui s'appelait *Le Petit Vendôme*. Il était tenu par trois garçons très sympathiques qui parlaient tous anglais. Il y avait un siège libre au bar. A ma gauche était assiste une femme, certainement américaine, et à ma droite, un homme en imperméable, qui devait avoir une cinquantaine d'années. C'est lui qui m'aborda le premier.

— Il pleut et vous n'avez pas d'imper, dit-il en secouant la tête et en tirant sur son cigare malodorant. Je vous ai déjà vu ici, vous n'avez pas d'amis à Paris? me demanda-t-il.

— Mon imper est dans ma voiture, qui est garée devant le bar et j'ai des amis, mentis-je.

— Ah bon, vraiment! Et moi qui allais vous proposer de vous offrir un imper.

— Pourquoi pas, s'il est doublé de fourrure, répondis-je avec un grand sourire.

— On peut toujours commencer par l'imper.

— Non merci, dis-je, j'en ai un.

Et je lui tournai le dos. Je vis la femme de profil. Elle souriait et examinait son visage dans le miroir situé derrière le bar.

— Tu as l'air d'avoir vécu, jeune homme, dit-elle en se tournant vers moi.

Elle portait un chapeau avec une voilette qui couvrait le haut de son visage jusqu'au bout de son nez. Elle avait des tonnes de maquillage, sa bouche était rouge vif. Derrière sa voilette, ses yeux noirs ourlés de faux cils me regardaient.

— Ce n'est pas la première fois qu'il essaie, dis-je. J'aimerais bien qu'il me laisse tranquille. Elle avait devant elle un verre de whisky à moitié vide qu'elle avala d'une traite, et elle en commanda un autre.

— En veux-tu un? me proposa-t-elle.

Mais je refusai poliment.

— C'est tellement triste de boire seul, ajouta-t-elle.

Elle fit signe au barman qu'elle voulait payer, et il lui poussa l'addition vers elle.

— Ça fera cinq whiskies, madame.

— Oh Harry, s'écria-t-elle en ouvrant son porte-monnaie, j'ai oublié mon argent à l'hôtel. Se tournant vers moi, elle ajouta:

— Peux-tu me dépanner? J'habite au *France & Choiseul,* au coin de la rue. On pourrait aller le chercher.

— Je suis désolé, madame, mais je n'ai pas suffisamment d'argent sur moi.

— Ça ira, Mme Weiss, intervint Harry. Vous paierez demain.

Elle referma son porte-monnaie, en m'adressant un léger signe de tête.

— Tu es un ange, Harry.

Puis elle sauta du tabouret et se dirigea vers la sortie, perchée sur ses talons hauts. Visiblement soulagé, Harry m'expliqua:

— C'est toujours la même chose, mais elle est pleine aux as et c'est une bonne cliente.

— Mais Harry, pourquoi traîne-t-elle dans un bar pour homosexuels?

— Elle adore les jeunes homos et leur compagnie, car avec eux elle ne craint rien. C'est une femme très seule, m'expliqua-t-il.

Soudain, je me sentis moi aussi très seul, et je payai.

— Demain, demain je ne me sentirai pas seul, pensai-je en rentrant chez moi.

—

Nous étions le 14 juillet 1957. Paris était en folie. Mon endroit favori était *Le Fiacre.* Louis, le propriétaire, avait été très gentil avec moi. Il avait repéré une nouvelle tête dans son établissement, et un soir, il s'était assis à ma table et nous avions parlé anglais.

— Tu sais, tu as trop de liquide sur toi. Il y a des garçons au bar, qui parlent français à la perfection, et tu croirais qu'ils sont français mais la plupart sont allemands, comme toi. Fais attention.

C'était un type mince, au physique très latin, avec une grosse moustache et de grands yeux marron. Ses gestes étaient typiques des homosexuels des années quarante – c'est-à-dire qu'il était très efféminé et laissait flotter derrière lui des effluves de parfums capiteux.

A l'étage, il y avait un restaurant fréquenté par une clientèle mixte, composée essentiellement d'artistes et de vedettes de cinéma que la présence d'un bar homo à l'étage du dessous n'avait jamais dérangée.

Cette nuit-là, j'étais assis tout seul sur une longue banquette. Bientôt chacun se mit à parler à ses voisins. La nourriture était toujours excellente. Marcel, le serveur, flirtait avec moi, ce qui n'avait pas échappé aux autres qui s'en amusaient. Après le dîner, je descendis, pris quelques verres et dansai avec Louis jusqu'à l'arrivée de Fred. Tout le monde était d'excellente humeur. Il arriva enfin! Nous nous étreignîmes et nous embrassâmes. Il restait du maquillage sur son visage car il s'était dépêché de venir me retrouver. Une heure plus tard, je l'emmenai à Neuilly et nous fîmes l'amour toute la nuit jusqu'à ce que nous nous endormions. Le lendemain matin, il était parti. Je vérifiai mon portefeuille, ma montre, etc. Tout était là. J'entendis la porte s'ouvrir mais fis semblant de dormir. Il portait deux gros sacs et l'odeur de baguettes et de croissants envahit la chambre. Il nous prépara du café. «Celui-là est bien» pensai-je. Je me tournai vers le mur et m'assoupis, attendant qu'il vienne me réveiller.

FIN

Annotation

[1] Grosse saucisse allemande (NdT).

[2] Monsieur le Directeur (NdT).

[3] Mademoiselle Becker (NdT).

[4] Gouverneur d'une région administrative du IIIe Reich (NdT).

[5] Madame la Directrice (NdT).

[6] Sachet (NdT).

[7] Chère madame (NdT).

[8] Enfant prodige (NdT).

[9] En français dans le texte (NdT).

[10] Jupe froncée, corset et blouse blanche aux manches bouffantes (NdT).

[11] Culotte de cuir (NdT).

[12] Chapeau vert surmonté d'une touffe de poils de chamois (NdT).

[13] Boulettes principalement à base de pain sec agglutiné avec de l'œuf (NdT).

[14] Autoroute (NdT).

[15] Sauerland se traduit littéralement par «région aigre».

[16] Façon de se balancer de gauche à droite en se tenant par les bras et en chantant (NdT).

[17] *Darling* signifie chéri, charmant, adorable (NdT).

[18] Gâteau à base de génoise et de crème (NdT).